Les enquêtes d'Alfred et Agatha

Ana Campoy est née à Madrid en 1979. Après différents emplois dans le milieu du cinéma, la presse écrite, la télévision et le doublage, elle retourne dans le monde de l'écrit et se spécialise dans la littérature pour enfants. «Les enquêtes d'Alfred et Agatha» sont nées de ses deux grandes passions pour le cinéma et la littérature.

Illustration de couverture : Raphaël Gauthey

Ouvrage publié originellement en 2013 par grupo edebé (Espagne),
sous le titre *La carrera de Inglaterra*

18, rue Barbès, 92128 Montrouge Cedex
Dépôt légal : mars 2018
ISBN : 978-2-7470-8297-6

Loi n°49 956 du 16 juillet 1949 sur les publications destinées à la jeunesse.

Ana Campoy

Les enquêtes d'Alfred et Agatha

Le fantôme de Covent Garden

Traduit de l'espagnol par Martine Desoille

bayard jeunesse

À toutes les femmes
qui consacrent leur vie au journalisme.
À celles que je connais de près
et celles que j'admire de loin.
Cette histoire leur est dédiée.

Prologue

Ce matin-là, quand les premiers rayons de l'aube effleurèrent le bout de son museau, Lilly comprit que quelque chose n'allait pas. C'était un jour triste. Il y avait de la pluie dans l'air.

Le chignon habituellement impeccable de Mme Honorine était tout ébouriffé, signe qu'elle était de mauvaise humeur. Dans ces cas-là, Lilly allait se réfugier sous le banc du jardin pour observer le va-et-vient de la rue. Ce n'était pas désagréable, mais elle aurait préféré aller regarder les grenouilles faire des bonds dans l'eau.

Jadis, quand le maître faisait de longues promenades, il l'emmenait toujours avec lui. Ensemble, ils traversaient le village, et le vieil homme allait s'asseoir au bord de la rivière et lui racontait des histoires. Certaines vraies, d'autres imaginaires. Et Lilly n'était pas peu fière de prêter l'oreille à ce que le maître avait à dire.

Mais voilà qu'un brouillard tenace s'était installé devant les prunelles du vieil homme. Petit à petit, le monde autour de lui devenait flou.

Il commençait à perdre la vue et ne descendait plus que rarement jusqu'à la rivière. Il espaçait de plus en plus ses sorties, et ne s'aventurait plus guère au-dehors sans sa canne.

Lilly aurait volontiers guidé les pas de son maître sur les pavés, mais Mme Honorine, estimant que ces promenades étaient plus néfastes qu'autre chose, avait décidé d'enfermer le maître dans sa chambre avec ses livres et ses souvenirs. Et il avait cessé de raconter des histoires.

À partir de là, Lilly avait mis un point d'honneur à tenir compagnie au vieil homme. Couchée à ses pieds sur son coussin rouge à galon doré, elle s'efforçait d'égayer un peu son quotidien. Elle savait qu'il lui en était reconnaissant, même s'il y avait longtemps qu'elle ne l'avait pas vu sourire.

Lilly laissa échapper un gros soupir. Aujourd'hui, son maître n'était pas à la maison. Ces dernières semaines, il avait pris l'habitude de s'absenter l'après-midi. Peut-être se rendait-il dans des endroits où elle ne pouvait pas l'accompagner. La petite chienne se faisait du mauvais sang à l'idée que ces escapades puissent être liées à son état de santé.

Soudain, quelque chose de dur lui frappa le museau, la tirant de sa rêverie. C'était Mme Honorine qui avait passé son balai sous le banc pour l'obliger à quitter son refuge.

– Allons ! Sors d'ici, maudite bête ! Vivement que tu déguerpisses.

Mme Honorine avait l'air en colère, même si la petite chienne n'avait pas souvenir d'avoir fait quoi que ce soit qui puisse la fâcher. Elle savait qu'elle ne la portait pas dans son cœur, mais elle ne l'avait encore jamais traitée ainsi, même en l'absence du maître.

Elle alla se poster sans broncher à côté du portail, tandis qu'un homme svelte à la peau sombre s'approchait d'elle avec une petite caisse en bois. Saisie de panique, la petite chienne glissa instinctivement sa queue entre ses jambes. Cet homme allait l'emmener avec lui sans que Mme Honorine ne dise rien ? Comment était-ce possible ?

– Nous sommes bien d'accord ? Quoi qu'il arrive, je ne veux plus la voir ici, grinça Mme Honorine. Je me moque de ce que vous ferez d'elle. Tout ce qui m'importe c'est qu'elle soit partie avant le retour de mon mari.

L'homme s'agenouilla devant Lilly.

– C'est une bête magnifique, dit-il. Pourquoi voulez-vous vous en débarrasser ?

– Ce ne sont pas vos affaires. Vous avez lu l'annonce. Si elle vous intéresse, prenez-la et ne posez pas de questions.

– Mais c'est la chienne de M. Verne, marmonna le jeune homme. Vous devriez lui demander son avis.

– Il me semblait avoir été claire.

L'homme acquiesça en silence. Contre toute attente, il ne chercha pas à faire entrer Lilly de force dans la cage. Il ouvrit la porte et attendit. De son côté, la petite chienne hésitait à mordre. Une réaction aussi sauvage lui semblait disproportionnée, et jamais elle ne se serait comportée de la sorte en présence du maître, mais elle se sentait désemparée à l'idée qu'on puisse l'emmener.

– Lilly ! rugit Mme Honorine en voyant qu'elle montrait les crocs. Tiens-toi tranquille !

L'échine de la petite chienne se hérissa comme celle d'un porc-épic. Le jeune homme au teint basané semblait bienveillant. À l'évidence, Mme Honorine avait publié une annonce pour se débarrasser d'elle au plus vite. Mais lui avait l'air attentionné. Il se mit à quatre pattes et murmura gentiment :

– Je sais que tu as peur, mais je te promets que là où je vais t'emmener tu seras traitée comme une reine.

Lilly gémit en comprenant qu'elle n'avait pas vraiment le choix. Pour elle, il n'y avait pas meilleur lieu qu'auprès de son maître. Cet homme n'avait tout simplement pas idée de l'affection que lui portait le vieil homme. Il allait être très triste en découvrant ce qui s'était passé.

– Assez d'enfantillages, s'emporta Mme Honorine en empoignant Lilly par la peau du cou et en la jetant sans manières dans la caisse.

Après quoi, elle referma la petite porte d'un geste décidé. L'homme à la peau sombre eut une moue dépitée. Il dit dans un murmure :

– Nous allons à Delhi. Le train ne part pas avant demain matin. Je vous dis cela au cas où vous changeriez d'avis. Sachez que je vous la rendrai sans hésiter.

– Débarrassez-moi de cette bestiole, et vite, grogna Mme Honorine. À cause d'elle mon mari a perdu la tête. Il va pouvoir se consacrer à des choses plus importantes désormais.

Prologue

Lilly se débattait à l'intérieur de sa prison et mordillait les barreaux de bois. Elle n'arrivait pas à croire ce qui lui arrivait.

– Quoi qu'il en soit, réfléchissez bien, dit le jeune homme.

Puis soulevant la caisse de bois, il la posa sur son épaule et se dirigea vers le portail où une charrette l'attendait.

Lilly, terrorisée, avait l'impression qu'elle allait mourir de désespoir. Pourquoi Mme Honorine n'avait pas voulu qu'elle fasse ses adieux au maître ? Comment pouvait-elle être aussi cruelle ? La petite chienne savait que le vieil homme ne se remettrait jamais de sa disparition et qu'il risquait de perdre le peu de santé qui lui restait.

Le jeune homme déposa Lilly à l'arrière de la carriole et enfonça son chapeau sur sa tête. Mme Honorine s'impatientait, dansant nerveusement d'un pied sur l'autre, quand soudain, un autre véhicule tourna au coin de la rue et vint se ranger à côté de la charrette.

Son mari venait de rentrer. Lilly vit apparaître les mains ridées du maître quand celui-ci s'agrippa au cadre de la portière pour s'extraire de son siège. Il avait meilleure mine qu'elle ne l'aurait imaginé, mais son expression s'assombrit quand il comprit ce qui était en train de se passer.

– Qu'est-ce que tu manigances ? s'écria-t-il en voyant Lilly dans la cage. C'est ma chienne et personne ne l'emportera tant que je serai en vie !

Loin de battre en retraite, sa femme bomba le torse et rétorqua :

– Cette chienne te fait perdre la tête, alors que tu as besoin de te concentrer et de mettre de l'ordre dans tes affaires.

– Tu m'enterres déjà alors que je n'ai même pas encore suivi le moindre traitement ? s'indigna le vieil homme. Que cherches-tu à faire en éloignant Lilly de moi ? Elle est le seul rayon de lumière qui me reste !

Mais Mme Honorine demeurait inflexible. Elle alla se planter devant l'homme au teint basané pour bien faire comprendre à son mari que le marché était conclu.

– Trop tard, mon cher, dit-elle d'une voix qui se voulait apaisante. Ce jeune homme est venu spécialement de Paris pour elle. Et tu sais bien que c'est moi qui prends les décisions ici. Ou l'aurais-tu oublié ?

Un immense chagrin envahit les traits du maître. Lilly savait que, grâce à sa fortune, Mme Honorine pouvait décider de tout et imposer sa volonté chaque fois qu'il lui en prenait l'envie.

– Je ne te le pardonnerai jamais, rugit le maître, tentant une dernière offensive.

Mais Lilly avait compris que la bataille était perdue et elle se mit à gémir, réclamant une dernière caresse d'adieu au vieil homme.

Mme Honorine n'eut pas l'air d'en prendre ombrage, mais elle sursauta quand son époux formula une ultime requête.

– Va chercher le coussin de Lilly, ordonna le vieux monsieur d'un ton sans réplique. Il est dans le bureau, par terre. Je veux qu'elle l'emmène avec elle.

Mme Honorine allait protester, mais il y avait une telle colère dans les yeux de son mari qu'elle s'empressa d'obéir. Le vieil homme s'approcha à tâtons de la cage et caressa le museau de Lilly.

– Je sais que tout cela est profondément injuste, murmura-t-il d'une voix contrite. Mais il faut me pardonner. Si seulement je pouvais agir librement, sans qu'elle décide de tout à ma place.

Le jeune homme, qui avait assisté à la scène en silence, s'approcha de lui.

– Je suis désolé que tout se passe ainsi, dit-il avec déférence. Si vous voulez, je peux expliquer à votre épouse que j'ai changé d'avis. Et ainsi vous pourrez garder votre chienne avec vous.

Le vieil homme se tut un instant, puis tournant un regard attristé vers le garçon, déclara :

– Ma femme s'est mis en tête de se débarrasser de ma chienne et je vous garantis qu'elle y parviendra. Quitte à employer des moyens plus radicaux. Du moins, avec vous, je sais que Lilly est entre de bonnes mains.

Le jeune homme sourit.

– Je puis vous l'assurer. Un brave général de l'armée des Indes m'a chargé de la lui rapporter. Je vous promets de vous donner des nouvelles de son nouveau foyer et de sa santé. Je viens en France régulièrement.

Le vieux monsieur posa sa main osseuse sur l'épaule du garçon.

– Je vous en suis infiniment reconnaissant. Vous ne pouvez imaginer à quel point je suis attaché à cette chienne. Dites à votre général qu'il n'en trouvera pas de semblable.

– Je l'avais remarqué, répondit le jeune homme. Dès que je l'ai vue, j'ai compris qu'elle était unique. Je vous promets qu'aucun mal ne lui sera fait.

– Dans ce cas, je vais vous demander une grande faveur : veillez à ce que Lilly ne se sépare jamais de son coussin.

Le maître se tourna alors vers l'animal et lui glissa sur le ton de la confidence :

– Tu entends, Lilly. Je compte sur toi. Ne le perds sous aucun prétexte !

Mme Honorine ressortit de la maison avec le coussin et le remit à son époux qui le déposa dans la cage à côté de la petite chienne.

– Très chère Lilly, murmura le maître, ému aux larmes. Si seulement j'avais le pouvoir de remonter le temps.

Lilly ferma les yeux, s'efforçant de graver cet instant dans sa mémoire, tandis que le vieil homme lui caressait les oreilles.

L'inconnu à la peau sombre monta dans la carriole qui se mit en route. Lilly ouvrit les paupières pour regarder une dernière fois son maître, debout au milieu de la chaussée. Puis la voiture tourna au coin de la rue et la petite chienne comprit qu'elle ne se remettrait jamais de cette douloureuse séparation. Tout comme elle comprit qu'elle ne reverrait plus son maître.

1

La course d'Angleterre

– Attention... encore une... On ne bouge plus !

Aveuglé par le flash, Alfred se serait étalé sur l'estrade si Agatha ne l'avait pas retenu d'une main ferme. Son amie, capable de faire face à n'importe quelle situation, souriait fièrement à l'objectif.

– Merci à tous pour votre collaboration, leur lança le photographe. Le *Daily Telegraph* se fera un plaisir de publier votre photo dans son édition de demain. Et bonne chance pour la course automobile !

Lorsque l'homme rangea son matériel, Alfred poussa un soupir de soulagement. Il détestait l'idée que le monde entier puisse le voir en photo. Mais Agatha et Snouty semblaient au contraire ravies.

Ce n'était pas la première fois que les membres de l'agence Miller & Jones avaient leur photo dans le journal. Les nombreuses affaires qu'ils avaient élucidées avaient été couvertes par la presse. Mais ce portrait-ci, en compagnie de l'oncle Monty, revêtait à leurs yeux une importance particulière.

Monty Bohermer, l'oncle d'Agatha, était de retour à Londres et se préparait à vivre une nouvelle aventure. Une fois n'est pas coutume, celle-ci ne consistait pas à mener des fouilles archéologiques dans une lointaine contrée, à explorer une pyramide dans le désert, ou à s'aventurer sur les sentiers d'une mystérieuse forêt. Non, cette nouvelle randonnée aurait lieu ici même, en Angleterre.

Tout avait commencé par un coup de fil de M. Lawrence, le rédacteur en chef du *Daily Telegraph,* un vieil ami de l'oncle Monty. Un après-midi, il avait appelé l'explorateur pour lui proposer de relever un fabuleux défi.

Un mystérieux donateur anonyme avait écrit au journal pour l'informer qu'il souhaitait organiser un grand rallye automobile à travers la Grande-Bretagne. Les candidats intéressés étaient priés de se faire connaître et de se munir du meilleur véhicule qu'ils pourraient trouver. Un trophée serait évidemment décerné, et le vainqueur recevrait la coquette somme de vingt mille livres.

L'affaire avait fait grand bruit au journal, et Lawrence avait décidé de proposer l'oncle Monty pour représenter l'équipe d'Angleterre. Ce serait une formidable publicité pour le *Daily Telegraph* qui, bien entendu, se proposait de prendre en charge tous les frais de Monty et d'organiser l'évènement.

Comme on s'en serait douté, l'explorateur avait accepté la proposition avec joie. Cette compétition semblait avoir été taillée spécialement pour lui. Monty était tellement excité que sa distraction habituelle semblait avoir décuplé. Il était tellement dans la lune que sans Agatha pour le rappeler à l'ordre, il se serait rendu à la conférence de presse en pantoufles.

La présentation officielle du rallye promettait d'être mémorable, le célèbre aventurier ayant tenu à ce que les enfants posent avec lui sur la photo. Alfred, Agatha et Snouty étaient aux anges, car c'était une véritable aubaine pour l'agence.

– J'imagine que vous êtes très fiers, les enfants, leur lança M. Lawrence, le rédacteur en chef. Ce n'est pas rien de faire la Une du *Daily Telegraph* et vous devez une fière chandelle à votre oncle.

Soudain, la mine du journaliste s'assombrit. Agatha songea qu'un contretemps avait dû survenir.

– J'espère que ce que je m'apprête à te dire ne va pas te dissuader de participer à la course, murmura M. Lawrence à l'adresse de Monty. Ce n'est pas une bonne nouvelle, mais je n'ai d'autre choix que de t'en faire part.

L'explorateur hocha la tête, impatient de savoir de quoi il s'agissait.

– Il faut que tu saches que Thomas Alva Edison va participer à la course en tant que capitaine de l'équipe américaine. Je sais qu'il ne t'est guère sympathique, mais je t'en supplie, au nom du *Daily Telegraph,* n'abandonne pas la course.

Monty fronça les sourcils, s'efforçant de faire bonne figure, mais il était évident que c'était une mauvaise nouvelle.

Pour les enfants aussi, du reste, car Edison ne leur était pas inconnu. C'était l'unique rival que l'oncle d'Agatha avait jamais eu, et pourtant l'explorateur n'était pas du genre à se faire des ennemis. Edison se vantait d'être un brillant inventeur et homme d'affaires, mais les membres de Miller & Jones savaient, pour en avoir fait personnellement les frais, à quelles méthodes sordides il avait recours[1], et aucun n'avait envie de devoir affronter à nouveau les basses manœuvres de ce spéculateur déguisé en scientifique, qui n'avait d'autre but dans la vie que de s'enrichir. À l'évidence, c'était l'appât du gain qui l'avait poussé à participer à la compétition et non, contrairement à Monty, le goût de l'aventure.

1. Voir *L'extraordinaire invention du Dr Sorenson*, dans la même collection.

À l'annonce de la nouvelle, Alfred s'était lui aussi renfrogné, en particulier en voyant l'homme d'affaires et ses gardes du corps entrer dans la salle de conférence.

– Allons bon, murmura le garçon. Est-ce que nous allons devoir le saluer ?

– Il ne serait pas convenable de ne pas le faire, tu ne penses pas ? répondit l'oncle Monty sur un ton détaché, comme si la nouvelle ne l'avait pas affecté.

Snouty regarda ses amis, prête à grogner. Elle était d'accord avec Alfred : l'idée de devoir saluer ce triste sire lui soulevait le cœur. Heureusement, elle ne serait pas obligée de lui serrer la main.

Voyant que l'oncle Monty n'était nullement décidé à abandonner la course, M. Lawrence le remercia et s'en fut accueillir Edison et tous les autres participants qui venaient d'arriver. De son côté, Edison, qui n'avait pas quitté une seule fois le groupe des yeux, décida de venir à la rencontre de Monty.

Agatha observa attentivement l'inventeur. Il marchait d'un pas majestueux en s'appuyant sur une canne noire. À l'évidence, ce n'était qu'un accessoire destiné à se donner de l'importance, car l'homme était parfaitement valide. La fillette décida de rester en retrait et de laisser son oncle gérer la situation.

– Mais qui vois-je ! Bohermer en personne ! s'exclama Edison, ironique, en serrant énergiquement la main de Monty. Quelle mauvaise surprise !

– Le plaisir est partagé, répondit l'explorateur tout sourire.

– Vous avez tenu à venir avec cette bande de morveux mal élevés, poursuivit l'homme d'affaires en dévisageant Alfred et Agatha avec insolence.

Alfred serra les dents, prêt à riposter, mais Agatha posa une main sur son bras pour l'obliger à se calmer. L'homme était coutumier de ce genre d'attaques.

– Ma nièce et ses amis sont venus m'apporter leur soutien. Ils aimeraient que je remporte le grand prix, dit Monty sans se démonter. Ce qui va de soi dès lors que le *Daily Telegraph* a souhaité me parrainer.

Edison éclata de rire.

– Mon cher Monty, ce n'est rien en comparaison du soutien de mes propres entreprises. Je dispose d'avantages technologiques dont vous n'avez même pas idée. Mais comment vous en vouloir ? L'espoir fait vivre.

Edison approcha son visage de celui de l'explorateur et son regard se glaça d'un coup.

– Naturellement, je vais gagner ce rallye, quitte à employer des méthodes musclées. Mieux vaut vous préparer à toutes les éventualités.

– C'est une menace ? s'enquit Monty.

– Oh, non, monsieur Bohermer. Juste un avertissement.

Sur ce, Edison tourna les talons, une ribambelle de journalistes impatients de recueillir ses déclarations s'élançant dans son sillage.

L'oncle d'Agatha rit et haussa les épaules d'un air résigné. Mais Alfred était hors de lui.

– Non, mais, regardez-moi cet essaim de reporters ! s'exclama-t-il, laissant libre cours à sa colère. On croirait des mouches sur un tas de détritus.

– C'est un fanfaron, lança soudain une voix inconnue. Je ne vois vraiment pas ce que mes collègues lui trouvent. Si on ne parlait pas de lui dans la presse, ce type ne serait rien.

Alfred sursauta, et tous se retournèrent. La voix qui avait prononcé ces mots appartenait à une jeune femme rousse.

Plutôt menue, elle arborait un tailleur vert clair qui faisait ressortir la roseur de ses joues parsemées de taches de rousseur. Dans sa main droite, elle tenait un calepin rempli de notes.

Voyant qu'aucune personne présente ne la reconnaissait, la jeune femme réalisa qu'elle ne s'était pas présentée. Elle tendit la main à Monty et la serra avec force.

– Veuillez m'excuser. Je suis Amanda Preston, journaliste au *Daily Telegraph.* Ravie de faire votre connaissance, monsieur Bohermer.

Monty lui décocha un sourire radieux, incapable d'articuler un seul mot.

– Pour ne rien vous cacher, votre famille ne m'est pas inconnue, poursuivit Mlle Preston. Je suis de très près les enquêtes de votre nièce.

Agatha sursauta, surprise par un tel aveu de la part de quelqu'un qu'elle n'avait jamais rencontré.

– Il y a quelque temps, j'ai collaboré à un reportage sur la disparition des oiseaux Elster[1], expliqua Amanda. Il va sans dire qu'à l'époque mon travail consistait exclusivement à porter la mallette du photographe. Je doute que vous vous souveniez de moi.

La journaliste lâcha enfin la main légèrement engourdie de Monty. Amanda Preston avait une poigne de fer.

Agatha, quant à elle, se délectait à l'idée que quelqu'un puisse se rappeler l'affaire des oiseaux Elster. C'était le premier mystère qu'elle avait résolu grâce à l'aide d'Alfred, et celui qui avait permis à Miller & Jones de devenir célèbre. Jusque-là, Agatha et Snouty n'avaient mené que de toutes petites enquêtes, mais lorsque M. et Mme Elster, des voisins d'Agatha, avaient déclaré qu'un vol avait été commis chez eux, la jeune détective avait compris qu'il

1. Voir le tome 1, *L'affaire des oiseaux*.

s'agissait d'une affaire d'une tout autre envergure. Grâce à elle, la vie de Snouty et Agatha avait changé, surtout parce qu'elles avaient fait la connaissance d'Alfred. Très vite, ils étaient devenus inséparables.

– Je trouvais tellement incroyable que ce soient des enfants qui aient élucidé le mystère, que j'ai commencé à suivre de près tout ce qui se publiait à votre sujet. Je suis une grande admiratrice de votre agence.

Amanda leur décocha un clin d'œil, et Agatha comprit instantanément que la jeune femme rousse était quelqu'un sur qui on pouvait compter. Son franc-parler la lui rendait sympathique. Cependant, quand M. Lawrence s'approcha du groupe, la jeune femme ferma la bouche et garda le silence.

– Nous allons commencer, déclara le rédacteur en chef. Je vais vous expliquer les règles, après quoi chaque candidat présentera son véhicule ainsi que tous les membres de son équipe.

Puis il fit un geste pour que chacun aille prendre place sur l'estrade ou dans la salle.

Agatha, Alfred et Snouty se dirigèrent vers leurs sièges, tout près de la zone réservée aux journalistes. Là, Amanda prenait note de tout ce que disaient les participants, en particulier à propos du règlement que M. Lawrence était en train d'énoncer :

– Comme vous le savez, il y a plusieurs équipes concurrentes : la française, l'allemande, et naturellement, la britannique. De plus, nous avons eu deux inscriptions de dernière minute : l'équipe italienne, sous la direction de Vicenzo Lancia, et l'équipe américaine de Thomas Alva Edison. Le *Daily Telegraph* leur souhaite la bienvenue et les remercie de leur participation.

Thomas Edison et Vicenzo Lancia se levèrent et saluèrent le public sous un tonnerre d'applaudissements. Alfred et Agatha n'avaient guère envie de les acclamer, mais ils le firent tout de même, quoique discrètement, par égard pour l'équipe italienne.

– Lui, c'est mon chef, murmura un garçon à côté d'Agatha. N'est-ce pas qu'il a une tête sympathique ?

Agatha songea que le garçon ne se référait sûrement pas à Edison, mais à l'autre participant. D'ailleurs, il avait un accent italien prononcé qui ne laissait aucun doute sur ses origines.

– Tous les membres de l'équipe l'adorent, poursuivit le jeune inconnu. Notre groupe est très uni et je crois que nous pouvons remporter le rallye.

– Vraiment ? dit Agatha avec une pointe d'ironie.

– Mais oui, bien sûr ! C'est l'Italie qui va gagner !

Sur ces paroles enthousiastes, le garçon tendit la main à Agatha puis à Alfred.

– Moi, c'est Enzo. Je suis le troisième assistant de l'équipe Lancia. Et vous, je suppose que vous êtes des supporters de l'équipe anglaise ?

La fillette lui expliqua qu'ils étaient des proches de Monty Bohermer et que, même s'ils auraient aimé qu'il soit le gagnant, ils n'avaient rien contre l'équipe italienne. La seule chose qu'ils ne voulaient pas c'était qu'Edison remporte la course.

– On raconte des choses terribles à son sujet, confirma Enzo. Mais il ne faut pas vous en faire pour votre oncle. Il a une bonne équipe.

Alfred leva les yeux au ciel. On voyait bien que l'Italien n'avait jamais eu affaire personnellement à Edison. Agatha leur demanda de se taire, car M. Lawrence expliquait en détail les règles de la compétition.

– Le rallye va passer par des villes réparties dans toute l'Angleterre et dont le nom figure sur les dépliants. Ensuite, la route se prolongera vers le nord, puis décrira une boucle à gauche, pour redescendre sur Reading, la dernière étape avant le retour à Londres.

Les participants devront utiliser leurs propres véhicules et ne pourront pas en changer pendant toute la semaine que durera la course. Ils ne sont autorisés qu'à faire de petites réparations. À chaque étape, ils devront dormir, ainsi que tous les membres de leur équipe, à l'hôtel choisi par les organisateurs. Le départ du rallye se fera chaque matin à sept heures.

Assis à la table des candidats, Monty écoutait tranquillement, un sourire aux lèvres, tandis qu'Edison échangeait des messes basses avec un de ses gardes du corps, sans le moindre égard pour M. Lawrence.

Il était évident que l'homme d'affaires ne suivait que ses propres règles, en particulier dans le domaine de la politesse et du respect d'autrui.

– J'espère que vous vous comporterez dignement et que l'esprit de camaraderie prévaudra dans cette compétition. Bonne chance à toutes les équipes !

Une salve d'applaudissements retentit à nouveau tandis que les journalistes se ruaient sur l'estrade.

Enzo, qui s'était levé de son fauteuil en même temps que les deux enfants, eut l'air stupéfait en voyant les deux bouts de queue de Snouty.

– C'est une marque de naissance, expliqua Agatha. Dès la première fois où je l'ai vue, j'ai compris que j'avais affaire à quelqu'un de très spécial et que nous allions devenir très amies.

Ces paroles pleines de tendresse arrachèrent un glapissement de joie à la petite chienne. Amanda Preston, qui s'était approchée du groupe, salua Enzo avec son énergie habituelle.

– Je suppose que tu fais partie de l'équipe italienne, dit-elle avec un sourire resplendissant. Je suis une grande admiratrice de votre capitaine. Vicenzo Lancia est un génie de la mécanique automobile.

Elle avait l'air tout à fait sincère, et le garçon se sentit rougir sous le compliment. Malheureusement, le moment était venu pour lui de s'en aller, et après avoir salué Amanda, les enfants et Snouty, il fila rejoindre son équipe.

De leur côté, Alfred et Agatha devaient attendre que l'oncle Monty ait fini de donner des interviews. Mlle Preston en profita pour consulter le calepin dans lequel elle consignait ses notes.

– Bien, tout est prêt, conclut-elle, satisfaite. J'espère que nos lecteurs vont s'arracher l'édition de demain. La course d'Angleterre est un grand évènement.

– Je suppose que vous allez suivre chaque étape de la course de l'oncle Monty et nous tenir informés, lança Agatha.

Amanda fit la moue.

– J'aurais bien voulu, dit-elle en secouant la tête. Mais quelqu'un a décidé que ce travail était trop dangereux pour moi et qu'il valait mieux que je reste à la rédaction.

– Vraiment ? s'étonna Agatha. Je ne vois pas ce qu'il y a de dangereux à tenir la chronique d'un rallye automobile.

– Disons que mes supérieurs estiment que ce n'est pas une tâche pour quelqu'un de mon âge, et encore moins une femme.

Ces paroles laissèrent la fillette perplexe. Amanda lui donnait l'impression d'être une journaliste aguerrie et elle ne voyait pas pourquoi on refusait de lui confier ce reportage.

Mais Amanda coupa court à la conversation. Elle devait retourner de toute urgence au journal pour préparer l'édition du lendemain.

– Transmettez mes salutations à votre oncle. Et souhaitez-lui bonne chance de ma part, leur dit-elle tandis qu'elle se dirigeait en hâte vers la sortie.

2

Une visite chez l'antiquaire

– Alfred, tu veux bien laisser ce journal et me donner un coup de main ? maugréa Mme Hitchcock, visiblement excédée.

Elle était dans la remise, en train de ranger les boîtes de haricots qu'on leur avait livrées, et ne savait plus où donner de la tête.

Le garçon réprima un bâillement. Il était tellement impatient de découvrir la première édition du *Daily Telegraph* qu'il n'avait pour ainsi dire pas fermé l'œil de la nuit. Agatha et lui avaient prévu de se retrouver ce matin-là pour lire le journal ensemble, mais les parents d'Alfred étaient débordés et le garçon n'avait eu d'autre choix que de rester à la boutique pour les aider. Et voilà que son amie était arrivée à l'épicerie tout excitée, le quotidien à la main.

– Regarde un peu cette page de couverture ! s'écria-t-elle fièrement. Elle n'est pas belle, la photo avec l'oncle Monty ?

La Une du quotidien était en effet tellement réussie qu'elle ne pouvait qu'accrocher le regard. Un titre énorme s'étalait en travers de la page : *Le rallye d'Angleterre a commencé.* Puis suivait un article sur cinq colonnes avec, en dessous, une superbe photo de Monty et des enfants, qui débordait presque du cadre.

Alfred et son amie ne cessaient de commenter l'article qui décrivait avec force détails l'itinéraire qu'allaient emprunter les cinq équipes participantes.

– C'est un évènement historique, s'écria le garçon. J'aurais tant voulu passer ces sept jours aux côtés de ton oncle.

– Alfred, cesse de dire des bêtises et prépare donc un thé pour Agatha, l'interrompit Mme Hitchcock. Et s'il te plaît, range ces boîtes de conserve sur les rayonnages une bonne fois pour toutes ! La boutique ne désemplit pas, et nous venons de recevoir une commande urgente par-dessus le marché.

– Encore une ? ronchonna le garçon, mécontent. Je croyais que toutes les livraisons étaient faites.

– Celle-ci vient d'arriver à l'instant, expliqua sa mère tout en préparant elle-même le thé. L'antiquaire, M. Jackson, est tombé malade, et son neveu nous a demandé de lui livrer deux ou trois choses. Alors, ferme ce journal et mets-toi au travail.

Chaque fois qu'elle venait à la boutique, Agatha était très bien reçue. Bien que les Hitchcock vivent dans un quartier plus modeste que le sien, ils étaient toujours aux petits soins pour elle. La mère d'Alfred aimait beaucoup Agatha, et quand c'était son anniversaire, elle ne manquait jamais de lui faire un cadeau, comme les barrettes en nacre que la fillette avait mises spécialement pour rendre visite à son ami.

Snouty aussi appréciait ces visites. L'arrière-boutique des parents d'Alfred exhalait un parfum d'épices qu'elle trouvait appétissant.

Le garçon replia le *Daily Telegraph* à contrecœur et le rangea dans sa poche avec l'intention de le lire plus calmement quand il aurait fini la mise en rayon. Remarquant son air contrarié, Agatha lui glissa à voix basse :

– Allons, ne fais pas la tête. Snouty et moi allons t'aider. Et comme ça tu seras vite débarrassé de ta corvée.

– Non, tu ne comprends pas..., marmonna Alfred entre ses dents. J'en ai assez de passer mon temps libre au magasin. Quand je ne suis pas au collège, je suis ici pour aider mes parents. J'aimerais pouvoir faire des choses plus amusantes. Je n'ai même pas le temps de mener des enquêtes.

– Oh, Alfred, ne dis pas cela, le consola son amie. S'il le faut, c'est moi qui viendrai ici. Tu sais que je n'ai qu'à demander à Hercule de me conduire.

– Mais il n'y a pas que ça, grommela Alfred. Mon père veut que je reprenne la direction du magasin plus tard. Et il insiste pour que j'apprenne tout ce qu'il y a à savoir sur la vente au détail. Et moi... cette idée ne me réjouit guère.

– Mais tu voudrais faire quoi, alors, plus tard ? lui demanda la fillette.

– Je n'en sais rien. Je suis encore trop jeune pour y penser. Même si j'ai quelques idées.

Alfred jeta un coup d'œil du côté de la porte pour s'assurer que ses parents étaient occupés à servir les clients, puis il plongea la main dans sa poche. Il en sortit un papier chiffonné qu'il remit discrètement à son amie. La fillette le déplia avec soin et eut un hoquet de surprise.

– L'académie Perkins ! chuchota-t-elle impressionnée. Tu veux étudier le dessin ?

– Oui, ça me plairait bien. C'est quelque chose que j'ai toujours aimé faire.

– Et tes parents, ils en pensent quoi ?

– Je ne leur ai pas dit, évidemment. S'ils savaient, ils seraient furieux.

Agatha hocha la tête d'un air entendu. Elle se doutait que les parents d'Alfred auraient mal accueilli la nouvelle. Mais le moment était mal choisi pour en parler. En entendant Mme Hitchcock approcher, la fillette se leva de sa chaise et entreprit d'aider son ami.

– Bien, déclara-t-elle juste au moment où la mère d'Alfred passait le bout de son nez par la porte. Nous avons presque terminé. Et maintenant, nous devrions nous occuper de cette livraison urgente, tu ne crois pas ? Snouty et moi allons t'accompagner.

*

Une grosse averse s'était mise à tomber lorsque les trois amis commencèrent à longer la rue principale.

La commande de M. Jackson n'était guère volumineuse, juste un cageot avec quelques vivres, mais Alfred dut faire une ou deux haltes pour reposer ses bras endoloris. Heureusement, Agatha était à ses côtés pour tenir le parapluie que Mme Hitchcock leur avait prêté.

La pluie tombait de plus en plus fort et lorsqu'ils atteignirent le magasin d'antiquités, ils furent bien contents que quelqu'un leur ouvre aussitôt la porte.

– Je vous guettais par la vitrine, leur expliqua un homme de petite taille, à la peau sombre, qui devait être le neveu de l'antiquaire. Je vous remercie infiniment d'avoir pris la peine de me livrer malgré ce temps épouvantable. Je vois que votre maman est une femme de parole.

Alfred lui adressa un hochement de tête reconnaissant. Faire des livraisons quand il pleuvait n'avait rien d'une partie de plaisir, mais quand, en plus, les clients étaient désagréables, c'était une vraie corvée. Heureusement, le neveu de M. Jackson était un homme affable. Il n'avait pas l'accent des gens du quartier, et Alfred en déduisit qu'il devait être arrivé récemment à Londres.

Il les fit entrer dans la boutique et les invita à se rapprocher de la cheminée pour se réchauffer. Snouty s'ébroua et courut aussitôt se réfugier au coin du feu. Ayant remercié le jeune homme, Agatha imita Snouty, suivie de près par Alfred dont les chaussures étaient trempées.

– Quand vous aurez fini de vous sécher, je vous demanderai de déposer le reste des courses au fond du magasin, dans l'entrepôt, dit le neveu de l'antiquaire en s'emparant d'une bouteille de sirop qui se trouvait dans le cageot.

Puis il fila récupérer son manteau à la patère et ajouta :

– Mon oncle est cloué au lit avec la grippe et je dois me rendre à son chevet au plus vite.

– Mais, vous allez nous laisser seuls ici ? Vous n'avez pas besoin de fermer la boutique à clé ? s'étonna Agatha.

– Je doute qu'il y ait quelque chose qui puisse vous intéresser parmi toutes ces bricoles, sourit l'homme avec franchise. Quand vous partirez, fermez simplement la porte derrière vous. La clé se trouve sous le pot de fleurs, à l'extérieur.

Le neveu de l'antiquaire désigna une jardinière à travers la vitre de la porte d'entrée, puis ayant salué les trois amis, il mit son chapeau et sortit.

M. Jackson n'était pas un client habituel de M. et Mme Hitchcock, de sorte qu'Alfred ne venait au magasin d'antiquités que lorsque l'épicier le plus proche prenait ses congés.

Des centaines d'objets étranges garnissaient les rayonnages. Agatha, qui commençait à avoir des fourmis dans les jambes, s'approcha d'une pile de vieux livres jaunis à côté d'un meuble à l'aspect vermoulu.

– J'ai une folle envie d'explorer les lieux, lança-t-elle, d'un ton espiègle. Je n'ai jamais eu l'occasion de fourrer mon nez dans un commerce comme celui-là.

– Fais ce que tu veux, lui répondit son ami. Simplement, assure-toi de tout bien remettre en place et de ne rien casser.

Agatha approuva en soupirant. Quand Alfred était de mauvaise humeur, il se comportait comme un vieux papy acariâtre.

Tandis que la fillette furetait entre les livres, son ami hissa le cageot sur son épaule et se dirigea en ronchonnant vers l'entrepôt. Snouty le regarda s'éloigner sans bouger. Pour rien au monde elle ne se serait éloignée de l'âtre dont la douce chaleur commençait à la bercer. Bientôt, la silhouette d'Agatha se brouilla devant ses yeux ensommeillés.

Mais son somme fut de courte durée, car un cri retentit soudain dans l'arrière-boutique. La petite chienne se redressa, affolée. C'était Alfred.

– Agatha ! Snouty ! Venez vite !

– Qu'est-ce qui te prend de crier comme ça ? s'exclama Agatha en s'élançant dans le corridor. Tu nous as fait une de ces peurs !

Le garçon ne répondit rien. Il regardait fixement devant lui, bouche bée. Quand Agatha aperçut la cause de sa stupeur, sa gorge se serra. Face à eux se trouvait un objet très spécial, qui avait joué un rôle déterminant dans leur carrière d'enquêteurs : c'était le corps empaillé de la chouette de la famille Elster.

– Mais qu'est-ce que cette chose vient faire ici ? demanda la fillette abasourdie. Comment a-t-elle atterri dans cette boutique ?

Intriguée, elle s'approcha du volatile naturalisé. Elle avait l'impression d'être de retour dans le passé.

– Ce hibou, ajouta-t-elle. C'est grâce à lui que nous avons résolu l'énigme des oiseaux Elster !

Et c'était vrai. Cet animal leur avait permis de tirer au clair l'affaire des bijoux[1]. Une fois l'affaire classée, la maison Elster était restée à l'abandon ; personne n'avait souhaité l'acheter après ce qui s'y était passé.

Comment la chouette avait-elle atterri chez un brocanteur de l'East End ?

La fillette fit le tour de l'oiseau empaillé. Il avait beau être mort, elle avait l'impression qu'il l'observait à travers ses pupilles de verre.

Alfred, qui semblait perdu dans ses pensées, déclara soudain :

---

1. Voir *L'affaire des oiseaux*, dans la même collection.

– En m'approchant pour m'assurer qu'il s'agissait bien de la même chouette, voici ce que j'ai trouvé.

Il tenait un morceau de papier à la main. Lorsqu'il le déplia de ses doigts tremblants, Agatha et Snouty constatèrent qu'il s'agissait d'une page de journal. Quand elles s'approchèrent pour y jeter un coup d'œil, leur sang se glaça. C'était la Une du *Daily Telegraph* de ce matin, avec la photo prise la veille en compagnie de l'oncle Monty.

– C'est nous ! s'exclama Agatha.

Mais ce n'était pas tout. Sous la photo, quelqu'un avait rédigé un message à l'encre rouge que la fillette lut à voix haute :

Retrouvez le trésor du maître

– Que diable signifie tout ceci ? Quel trésor ? Quel maître ?

– Je n'en sais rien, répondit Alfred. Le message était sur la table, posé sous la chouette.

Agatha n'en croyait pas ses yeux. Le quotidien, avec leur photo en première page, venait de faire son apparition ici même. Une coïncidence pour le moins troublante.

Alfred, de son côté, s'employait à deviner le sens du message. Il s'empara du document et relut à haute voix :

– « Retrouvez le trésor du maître. » Il semblerait qu'il s'agisse d'un trésor caché, mais qui est ce « maître » ?

La fillette ne savait que répondre, quant à Snouty, elle était tellement abasourdie qu'elle ne songeait même pas à aboyer.

– C'est peut-être la première chose que nous devrions essayer de découvrir, finit par dire Agatha. J'ai comme l'impression que nous sommes en présence d'une nouvelle affaire.

3

Les deux couvertures de journal

– Celui qui a laissé ce message l'a fait exprès pour que nous le découvrions, déclara Alfred. On a l'impression qu'il nous est adressé.

L'oncle Monty acquiesça et reposa sa tasse sur le guéridon.

Après avoir quitté le magasin d'antiquités, les enfants s'étaient rendus chez Agatha. Le jardin d'hiver était le lieu où se tenaient habituellement les réunions de travail, mais après la pluie de ce matin, un bon goûter au coin du feu leur semblait infiniment plus agréable. C'est pourquoi ils s'étaient installés dans le salon de la luxueuse villa des Miller, où l'oncle Monty avait établi son quartier général.

Le rallye automobile débutait le lendemain, et Alfred était ravi de pouvoir prendre une dernière fois le thé en compagnie de l'explorateur et lui souhaiter bonne chance avant la compétition.

De plus, il lui semblait important que Monty jette un coup d'œil au quotidien, au cas où il aurait pu y déceler un message caché qui leur avait échappé. Mais l'oncle d'Agatha eut beau lire et relire la Une et le message, il ne put rien en tirer d'intéressant. Il jeta le journal sur la table et posa ses pieds dessus.

– La phrase contient deux éléments énigmatiques : un trésor et un maître, intervint Agatha. De sorte qu'elle nous ouvre deux pistes d'investigation. Il faut que nous arrivions à en identifier au moins une. D'un autre côté, j'aimerais pouvoir m'entretenir avec M. Jackson ou son neveu. Il faut que nous sachions qui sont les derniers clients qui sont entrés dans la boutique. Ainsi, nous découvrirons peut-être qui a laissé le journal là-bas.

– Je ne pense pas que nous pourrons les interroger avant le début de la semaine prochaine, fit remarquer Alfred. En espérant que l'antiquaire se sera remis de sa grippe d'ici là.

– J'aimerais tellement pouvoir vous aider à résoudre ce mystère, intervint l'explorateur. Mes connaissances en cryptographie pourraient peut-être vous être utiles. Quel dommage que je doive m'absenter au moment même où survient cette inquiétante affaire.

– Ce n'est pas grave, oncle Monty, le rassura Agatha. Ta seule préoccupation doit être de battre Edison. Tu dois te concentrer sur la course et te méfier de ses manigances. Nous savons tous qu'il n'a pas que de bonnes intentions.

– Je ferai attention, promit Monty. Vous aurez de mes nouvelles à chaque étape grâce au *Daily Telegraph.* S'il arrive quoi que ce soit, vous en serez les premiers avertis.

– Et puis nous avons Amanda Preston avec nous, ajouta Alfred. Il m'a semblé qu'elle nous trouvait sympathiques.

– Oui..., quelle jeune femme étonnante.

L'explorateur esquissa un sourire rêveur.

– J'aurais bien aimé qu'elle fasse partie de l'équipe de reporters qui va couvrir l'évènement. Et qu'elle me remette le premier prix si je remporte le rallye.

Alfred songea qu'Amanda Preston avait l'air d'une femme qui préférait relever des défis plutôt que de décerner des trophées.

– Eh bien, figure-toi qu'elle soutient l'équipe italienne, s'esclaffa Agatha, amusée de voir la tête de son oncle. Elle ne nous l'a pas dit ouvertement, mais je crois bien qu'elle admire Vicenzo Lancia et aimerait le voir gagner.

– C'est impossible ! protesta Monty, indigné. Elle travaille pour le *Daily Telegraph* ! C'est moi, le candidat britannique, qu'elle devrait soutenir !

– C'est peut-être pour cela qu'elle n'a rien dit, répondit sa nièce. J'ai l'impression qu'Amanda en connaît un rayon sur les automobiles, mais que le journal ne sait pas l'apprécier à sa juste valeur.

– Moi, je suis convaincu que quand on veut vraiment quelque chose on peut l'obtenir, marmonna Monty légèrement agacé. Et Amanda Preston a beau être une ravissante créature, je suis sûr que je réussirai à l'impressionner.

Alfred songea en lui-même que les efforts de Monty pour conquérir Mlle Preston étaient peine perdue. Mais il se garda bien de le lui dire. Il ne voulait surtout pas le décourager de participer à la course d'Angleterre. Agatha avait commencé à débarrasser les tasses, mais en voyant les pieds de son oncle posés sur le journal, elle s'indigna :

– Oncle Monty ! Comment espères-tu conquérir Amanda Preston en te comportant ainsi ? Tu es en train de saboter la pièce maîtresse de notre enquête !

Elle s'empressa d'aller retirer la une du quotidien de sous les bottes de l'explorateur, puis secoua la boue séchée qui s'était déposée sur le papier. C'est alors qu'un détail insolite attira son regard.

– Attendez..., souffla-t-elle d'une voix fébrile. Alfred, tu peux aller dans le vestibule, chercher le

Daily Telegraph qui se trouve dans la poche de ton manteau ?

Le garçon eut l'air surpris, mais fit ce qu'elle lui demandait, songeant que son amie avait certainement une bonne raison pour cela.

– Observez bien les deux journaux, ordonna Agatha lorsque Alfred revint avec le quotidien. Et dites-moi si vous voyez quelque chose d'anormal.

Tous se mirent à scruter les deux pages avec attention.

À première vue, les deux couvertures étaient identiques.

– Nous savons que les deux Unes sont composées d'un bandeau portant le nom du journal et des gros titres du jour. Mais il y a une autre chose qui différencie chaque numéro. Regardez à nouveau attentivement.

– Ça alors ! s'exclama Alfred.

– Où se trouve la différence ? balbutia l'oncle Monty, qui n'avait rien remarqué.

– La date, précisa la fillette. S'agissant de deux exemplaires identiques, on pourrait penser qu'ils ont été publiés simultanément, c'est-à-dire aujourd'hui.

– Et alors ?

– Ce n'est pas le cas. Le journal de l'antiquaire porte une date qui remonte à sept ans en arrière.

*

25 mars 1905. Telle était la date figurant sous le bandeau du *Daily Telegraph* trouvé chez le brocanteur. Il ne pouvait pas s'agir d'une simple erreur d'impression.

Agatha, Snouty et Alfred échangèrent un regard déconcerté. À l'évidence, il existait quelque part un trésor caché dont quelqu'un souhaitait qu'ils se chargent de le retrouver pour le rendre à son propriétaire. Mais sans savoir de quoi il s'agissait, la tâche s'avérait compliquée.

Du moins, la date leur fournissait-elle un indice de départ. Et la première étape était donc la salle de rédaction du *Daily Telegraph*.

Par chance, ce dimanche-là, toute l'équipe éditoriale se trouvait au journal pour le départ du rallye, y compris Amanda.

Dès qu'elle les vit entrer, la jeune femme les accueillit avec un grand sourire. Mais M. Lawrence, en revanche, était d'une humeur massacrante et pestait comme un diable dans le couloir. Apparemment, deux de ses reporters avaient été renversés par une voiture au moment du départ.

– Je me suis laissé dire que c'était celle d'Edison, leur murmura Amanda. Il paraît qu'il était tellement impatient de démarrer qu'il a failli renverser la moitié des gens présents.

Agatha acquiesça. Venus encourager l'oncle Monty, ses deux amis et elle avaient été témoins des premières frasques de l'Américain, ce qui ne les avait pas empêchés d'acclamer de toutes leurs forces l'équipe britannique.

– Amanda ! s'écria soudain M. Lawrence, les faisant tous sursauter. Que faites-vous ici à bavarder ? Vous n'avez donc pas assez de travail ?

Les traits de la jeune femme se crispèrent, mais elle ne chercha pas à tenir tête à son chef.

– J'étais en train d'interviewer les neveux de notre candidat, Monsieur, répondit la journaliste. Je voulais recueillir leurs impressions sur le départ.

– Nous avons des gens plus qualifiés que vous pour cela, répliqua sèchement le rédacteur en chef. C'est pourquoi je vous prierai de vous occuper du fantôme du métro. Il a de nouveau été aperçu en train de rôder du côté de Covent Garden.

– Encore cette histoire de fantôme ? bougonna Amanda, visiblement contrariée. Vous savez bien qu'il s'agit d'un mauvais canular. C'est sans doute quelqu'un qui trouve amusant de faire peur aux gens !

– Eh bien, si c'est le cas, filez le retrouver et l'interviewer, conclut son chef. Je ne tolérerai aucune excuse. Et si ça ne vous plaît pas, vous savez où est la porte. C'est vous qui êtes venue me supplier de vous donner du travail, ne l'oubliez pas !

Amanda aurait voulu protester, mais elle n'eut d'autre choix que de serrer les poings et d'aller s'asseoir devant sa machine à écrire. Quand M. Lawrence eut disparu dans son bureau, la jeune journaliste s'efforça de ravaler sa colère.

– Nous sommes venus vous demander un service, lui murmura Agatha lorsque les vociférations du directeur eurent cessé. Ce n'est sans doute pas le bon moment, mais nous avons besoin que vous nous aidiez à élucider une énigme.

– Vous voulez dire que vous êtes sur une nouvelle enquête ? chuchota Amanda enthousiaste. C'est formidable ! Je vais pouvoir voir comment travaillent Miller & Jones !

– Nous ne savons pas encore s'il s'agit d'une véritable enquête, précisa la fillette. Tout dépend si nous parvenons à déchiffrer ce message. En fait, nous ne savons pas qui nous a confié cette affaire.

Agatha sortit les deux exemplaires du *Daily Telegraph,* celui acheté ce matin par Hercule au kiosque à journaux et celui de l'antiquaire, puis elle les posa sur la table, devant Amanda. En voyant le message rédigé à l'encre rouge, la journaliste se pencha pour en étudier le contenu.

– Où l'avez-vous trouvé ? demanda-t-elle, ébahie.

Agatha lui raconta tout ce qui s'était passé dans la boutique du brocanteur, depuis la découverte de la chouette des Elster jusqu'à celle du journal. Amanda demeura un instant silencieuse, puis se pencha de nouveau sur le quotidien pour en scruter chaque détail de ses yeux verts.

– Eh bien..., médita-t-elle. Qui que ce puisse être, l'auteur de ce message a l'air de prendre votre travail très au sérieux.

– En effet, intervint Alfred. Et il nous a fourni une piste de départ. Nous avons besoin de savoir ce qui s'est passé le 25 mars 1905.

*

En découvrant la date, Amanda sursauta de surprise. Elle venait de comprendre pourquoi les enfants étaient tellement préoccupés. Puis elle compara à nouveau les deux quotidiens pour s'assurer qu'elle ne rêvait pas. Il ne lui fallut pas bien longtemps pour réagir.

– J'ignore d'où vient cet exemplaire, dit-elle en désignant la Une trouvée chez l'antiquaire, mais je puis vous assurer qu'il ne sort pas des presses du *Daily Telegraph.* On ne fait qu'un tirage par jour et on ne change pas la date comme cela. Il est évident que quelqu'un cherche à vous mettre sur une piste.

– C'est bien ce qu'il nous semblait, confirma Agatha. La personne qui nous a envoyé ce message voudrait que nous sachions ce qui s'est passé ce jour-là. C'est pour cela que nous sommes venus vous demander votre aide.

Amanda fronça les sourcils.

– J'estime être une bonne journaliste, mais pas au point de pouvoir mémoriser les nouvelles qui sont publiées chaque jour. Il faudrait être un génie pour cela. Cela étant, il existe un moyen de le découvrir... Mais à condition que vous me promettiez de rester discrets.

Les trois amis acquiescèrent en silence. Cette nouvelle enquête devenait de plus en plus palpitante.

La journaliste passa la tête dans le couloir, puis s'étant assurée que la voie était libre, ordonna au trio de détectives :

– Suivez-moi.

Les enfants et Snouty s'engouffrèrent dans le couloir à la suite d'Amanda. Tout en marchant, la jeune femme observait du coin de l'œil ses collègues affairés derrière leurs bureaux. La plupart étaient des hommes en costume trois-pièces, à l'air sévère. Agatha songea que, quoi qu'elle fasse, la reporter ne passerait jamais inaperçue au *Daily Telegraph*, et surtout en compagnie de deux enfants et d'une chienne à deux queues.

Cependant, ils atteignirent promptement leur but, et la fillette comprit pourquoi Amanda avait pris autant de précautions. Ils se trouvaient dans la salle des archives, une véritable caverne d'Ali Baba.

– Ici, se trouve absolument tout ce qui a été publié, expliqua la jeune femme. Nous conservons dans cette pièce tous les journaux classés par date de parution, mais il est également possible de faire des recherches par thème. Pour ce faire, nous utilisons un fichier.

Elle désigna deux armoires de classement sur sa gauche.

– Mais en ce qui vous concerne, ce ne sera pas nécessaire.

La reporter les mena jusqu'à un meuble à tiroirs qui se trouvait tout au fond de la salle.

– Voici les archives de 1905. Il vous suffit de chercher la date qui vous intéresse.

Amanda dut regagner au plus vite son poste de travail, M. Lawrence n'étant pas d'humeur à tolérer la moindre absence non justifiée. Les enfants lui promirent de laisser les archives dans l'état dans lequel ils les avaient trouvées.

Alfred s'approcha ensuite du meuble de classement qui contenait tous les exemplaires du *Daily Telegraph* de l'année 1905.

– Nous allons chercher le mois de mars, dit-il en passant en revue les dossiers rangés dans le premier tiroir. Logiquement, les premiers numéros sont ceux du mois de janvier. Celui que nous recherchons ne devrait donc pas être bien loin.

Le crépitement des machines à écrire leur parvenait à travers la porte vitrée et Agatha pria le ciel pour que personne n'entre dans la salle des archives juste à ce moment-là.

Une fois triés les mois de janvier et février, Alfred s'attaqua aux numéros du mois de mars. Tandis qu'il passait en revue les journaux soigneusement pliés et classés, Agatha et Snouty faisaient le guet. Elles avaient l'impression qu'il n'en finirait jamais.

– Vingt et un, vingt-deux, vingt-trois, vingt-quatre... Ah, le voici !

La fillette et la petite chienne s'approchèrent du garçon qui avait sorti le journal du tiroir. Tous trois s'étaient attendus à devoir scruter attentivement la page du journal avant de trouver la clé de l'énigme, mais celle-ci leur sauta aux yeux. Une nouvelle capitale s'étalait en toutes lettres à la Une du *Daily Telegraph* du 25 mars 1905. Un véritable *scoop*, suivi d'un long article détaillé. Pour l'équipe de Miller & Jones, il s'agissait d'un indice de première importance : une nouvelle piste des plus singulières.

4

Le maître

– La mort de Jules Verne ! s'exclama Amanda, incapable d'en croire ses yeux.

Agatha venait de lui montrer le fruit de leurs recherches. En effet, le 25 mars 1905 disparaissait Jules Verne, le célèbre écrivain.

Quand les enfants annoncèrent la nouvelle à Amanda Preston, celle-ci fut tellement stupéfaite qu'elle dut prendre quelques instants pour remettre de l'ordre dans ses pensées. Après quoi, elle se rendit à nouveau dans la salle des archives pour essayer de réunir un maximum d'informations.

– Il ne fait aucun doute que Jules Verne est bien le maître dont il est question dans le message, affirma Agatha. Nous savons que c'est abracadabrant, mais cette nouvelle piste est censée nous mener jusqu'à lui.

– Ce n'est pas cela qui m'a surprise, expliqua la jeune journaliste, mais plutôt le fait que Jules Verne a beaucoup collaboré avec notre journal.

– Vraiment ? demanda Alfred intrigué.

– Oui, répondit Amanda. Il a accordé un grand nombre d'interviews au *Daily Telegraph* et c'est même un de nos reporters qui a servi de modèle au héros de son roman *Cinq semaines en ballon.*

Alfred se saisit de la Une du journal. Sous le titre annonçant la triste nouvelle de la mort de l'écrivain, le *Daily Telegraph* avait inséré une grande photo du romancier.

– Jules Verne avait beau être un grand homme, souligna Amanda, il n'a pas été heureux, en particulier au cours des dernières années de sa vie.

– Comment cela ? s'étonna Alfred, qui avait toujours pensé que les livres de Jules Verne lui rapportaient beaucoup d'argent et que le romancier avait joui pleinement de son succès.

– Il n'a pas supporté de ne pas avoir été admis à l'Académie française, expliqua la journaliste. À cause des sujets dont traitaient ses romans, semble-t-il. Comme vous le savez, la science-fiction n'a pas toujours été bien considérée. Mais malgré cela, Verne a voulu passer à la postérité. Le bruit court qu'un roman que son éditeur a refusé de publier se serait égaré – un livre trop sérieux à son goût. Si bien qu'il a décidé d'écrire des romans d'aventures, un genre qui plaisait davantage au public.

La jeune femme venait de mettre la main sur la fiche consacrée à Jules Verne.

– Il était passionné de théâtre, poursuivit-elle. Au point qu'il en a fait construire un quand il était maire de la ville d'Amiens. C'est là qu'il a passé les dernières années de sa vie. Bien que malade et à demi aveugle, il a su garder sa sérénité. Il a même eu le courage de faire réaliser la statue qui devait orner sa tombe.

La reporter extirpa un journal du meuble de classement correspondant à l'année 1909 et le montra aux enfants.

– Regardez à quoi ressemble sa tombe.

Ils s'approchèrent pour jeter un coup d'œil à la feuille de journal grisâtre sur laquelle on voyait une stèle à l'aspect angoissant. Elle représentait un homme qui étirait le bras vers le ciel comme s'il cherchait à sortir de terre. Sous la photo s'étalait le nom de la sculpture, un titre aussi inquiétant que sinistre : *« Vers l'immortalité et la jeunesse éternelle. »*

– C'est vrai que ça donne des frissons, murmura Alfred. Je n'aimerais pas me retrouver en pleine nuit dans un lieu comme celui-là.

Agatha songea que lorsqu'elle et lui avaient fait connaissance, Alfred était un garçon excessivement peureux. Et puis à mesure que les enquêtes s'enchaînaient, il avait presque réussi à se convaincre que les fantômes n'existaient que dans les livres, même s'il gardait malgré tout un fond de superstition.

– Je me demande bien comment nous allons trouver ce que le message nous demande, murmura la fillette. Jules Verne vivait en France, donc, logiquement, son trésor doit se trouver là-bas.

– Si tu espères t'y rendre, ne compte pas sur moi, intervint son ami. Mes parents ne me laisseront plus partir. D'ailleurs, si ce message nous a été adressé, c'est que ledit trésor doit se trouver près d'ici, à Londres. Son auteur sait certainement que nous ne pouvons pas aller et venir librement.

– Je pense que cette théorie est la bonne, approuva Amanda, sans cesser de fouiller dans les archives. Si nous épluchons tous les journaux en relation avec Verne, nous trouverons peut-être un complément d'information.

Elle venait de sortir plusieurs journaux qui avaient trait au personnage : critiques de son œuvre, chroniques de ses multiples voyages. Mais alors qu'elle commençait à fouiller dans le dernier tiroir, son visage se figea.

– Comme c'est étrange, murmura la journaliste en recommençant à feuilleter les quotidiens. Il manque un exemplaire. Celui du 1er août 1904. Pourtant, il est mentionné sur la fiche de Jules Verne.

– Quelqu'un l'aura peut-être emprunté et rangé ailleurs, suggéra Alfred.

– C'est possible, concéda Amanda, mais peu probable. J'ai inspecté tout le meuble et n'en ai pas trouvé trace. D'ailleurs, rien n'indique qu'il a été sorti de la salle des archives. Les collègues laissent toujours une fiche avec leur nom à la place du journal emprunté. Il va falloir que je pose la question à mon supérieur. Mais le moment est sans doute mal choisi pour cela...

Consulter M. Lawrence au sujet d'un journal égaré n'était en effet pas une bonne idée, songèrent Alfred et Agatha. La jeune femme suggéra d'attendre que l'occasion se présente.

Les enfants l'aidèrent à remettre les journaux en place, puis Alfred sortit celui qu'ils avaient trouvé dans la boutique de l'antiquaire et relut encore une fois le message rédigé à l'encre rouge.

– J'ai bien peur que la personne qui nous a adressé ce message ne nous ait surestimés. Je ne vois pas comment nous allons pouvoir résoudre ce mystère. Ni même par où commencer...

– Quelque chose me dit qu'il s'agit d'une affaire capitale, sans quoi la personne en question ne se serait pas donné tout ce mal, déclara la journaliste. Vous devez récolter le maximum d'informations concernant cette coupure de journal. D'où elle vient, qui l'a apportée chez le brocanteur et comment la chouette est arrivée là-bas. C'est en tout cas ainsi que procéderait un bon reporter.

Agatha acquiesça, leur travail n'était guère différent de celui d'un journaliste d'investigation. La fillette rangea la feuille dans sa poche et sortit dans le couloir, Snouty sur ses talons.

5

L'informateur

Cette nouvelle affaire ne pouvait pas tomber plus mal. On était dimanche et les enfants n'eurent d'autre choix que de rentrer à la maison et de se tourner les pouces. Il était évident que la première chose à faire était d'aller interroger le brocanteur ou son neveu à propos du mystérieux journal, mais le magasin d'antiquités était fermé.

Or, Alfred savait qu'il ne pourrait pas se rendre à la boutique le lundi matin. Jamais il n'avait manqué de cours pour pouvoir enquêter, et s'il voulait convaincre ses parents de l'inscrire à l'académie des beaux-arts, il n'avait pas intérêt à faire l'école buissonnière. C'est pourquoi il dut attendre le lundi après-midi. Quand Agatha passa le prendre à l'épicerie, sous prétexte de faire quelques courses, Mme Hitchcock se renfrogna, mais s'abstint de dire quoi que ce soit devant la fillette.

Une fois dehors, tandis qu'ils se dirigeaient vers la boutique du brocanteur en compagnie de Snouty, le garçon se concentra sur la façon dont ils allaient devoir interroger M. Jackson, avec rigueur et sans omettre aucun détail.

– J'y ai réfléchi toute la matinée, dit-il. Il va falloir que nous passions au crible toutes les informations que nous allons glaner.

– Que veux-tu dire ? demanda Agatha.

– Eh bien ! Si Jules Verne entretenait une relation privilégiée avec le *Daily Telegraph*, il n'est pas impossible que l'auteur du message qui nous a été adressé fasse partie du journal. Nous ne pouvons écarter aucune possibilité.

La fillette était arrivée à la même conclusion : ils devaient se montrer prudents.

– Hier après-midi, il y a un autre détail qui m'a frappée, ajouta la fillette. La personne qui a modifié la date savait parfaitement à quoi ressemblerait la Une du journal ce jour-là. La question est donc : comment a-t-elle réussi à la recopier ?

C'était une bonne question, et comme l'avait fait remarquer Agatha, ce devait être quelqu'un de proche du *Daily Telegraph*.

– L'informateur a peut-être utilisé une planche identique, hasarda Alfred.

– Ou la même..., murmura Agatha.

Ils étaient presque arrivés devant la boutique d'antiquités. Contrairement à la dernière fois, un soleil radieux illuminait la vitrine du magasin. Prenant son courage à deux mains, le garçon poussa la porte, fermement décidé à faire la lumière sur cette étrange affaire.

*

– Bonjour, monsieur Hitchcock, quel bon vent vous amène ?

À l'évidence, M. Jackson s'était levé du bon pied, ce qui était un bon début, songea Alfred, qui avait oublié d'informer ses amies que le brocanteur avait mauvais caractère. De toute façon, maintenant qu'ils avaient franchi le seuil du magasin, il était trop tard pour faire marche arrière.

Grimpé sur un escabeau, l'antiquaire était en train de nettoyer un lustre à l'aspect délabré. C'est à peine s'il jeta un regard aux enfants, qui restèrent pétrifiés au milieu de la boutique. Alfred décida de se lancer. Tous ces bibelots couverts de poussière lui donnaient envie d'éternuer et il avait hâte d'en finir au plus vite.

– Vous avez un objet... une sorte de chouette empaillée, à l'arrière du magasin, commença le garçon.

– Une chouette empaillée ? demanda l'homme sans cesser d'astiquer son luminaire. Ça ne me dit rien...

L'interrogatoire ne se présentait pas aussi bien qu'Alfred l'avait espéré. Il se moquait pas mal que le brocanteur ait manqué de savoir-vivre, mais pas qu'il ait perdu la mémoire. Car alors, ils ne pourraient pas tirer cette affaire au clair.

– Si, si, monsieur Jackson, insista-t-il. Il y a une chouette tout au bout du corridor qui mène à l'arrière-boutique. Elle a appartenu à la famille Elster. Si vous voulez bien descendre de votre échelle, je vais vous la montrer.

Cette fois, le commerçant baissa les bras et posa sur Alfred un regard ahuri. Il n'avait pas l'air de savoir à quoi se référait le garçon.

– Je n'ai besoin de personne pour me guider dans mon propre magasin, rétorqua-t-il d'un ton aigre. Je connais sur le bout des doigts tous les objets qui se trouvent sur ces étagères. Je les ai achetés moi-même dans des ventes aux enchères. Et la chouette dont vous me parlez est un pur produit de votre imagination.

– Mais non, voyons, intervint Agatha. L'autre jour, nous sommes venus ici et nous l'avons vue de nos yeux. Elle se trouve là-bas au fond !

Soudain, Snouty se mit à aboyer dans l'arrière-boutique, les faisant tous sursauter. M. Jackson descendit de son perchoir et se dirigea vers la remise, Alfred et Agatha dans son sillage.

Arrivés au bout du couloir, les enfants cherchèrent la chouette des yeux, mais le petit guéridon où elle se trouvait la dernière fois était vide. Les aboiements de Snouty redoublèrent. M. Jackson haussa les épaules en constatant qu'il avait raison.

– Quand je vous disais qu'il n'y a pas de chouette. L'unique animal empaillé que j'aie jamais eu était un dalmatien, il y a quelques années. Et si ce roquet de malheur ne cesse pas d'aboyer, il sera le prochain !

– Mais enfin, c'est impossible ! s'exclama Agatha. Samedi dernier, quand nous avons apporté la commande de votre neveu, Alfred a déposé la caisse ici, et c'est à ce moment-là que nous l'avons vue.

– Quelle caisse ? Quel neveu ? s'étonna l'antiquaire. Samedi dernier la boutique était fermée toute la journée ! J'étais à la vente aux enchères chez Christie's. Tout le monde le sait !

– Comment ? Vous n'étiez pas au lit avec la grippe ? sursauta Alfred.

– Mais enfin, mon garçon ! Je n'ai pas été malade une seule fois depuis 1900 ! Qu'est-ce que c'est que cette histoire ? Je viens de vous le dire, j'étais chez Christie's !

Les trois détectives commençaient à se demander s'ils n'étaient pas en train de perdre la tête.

M. Jackson tourna les talons pour regagner son escabeau. Alfred sortit le journal de la poche d'Agatha et courut le rejoindre.

– Attendez ! Ce n'est donc pas vous qui nous avez laissé ce message ?

L'homme regarda le journal, sans comprendre. Il était évident qu'il n'avait rien à voir dans cette histoire incroyable et que l'enquête se compliquait pour Miller & Jones.

*

Les trois amis ressortirent perplexes de la boutique. Cependant, la conversation qu'ils avaient eue avec le brocanteur leur avait appris au moins une chose : l'homme à l'accent exotique qui leur avait ouvert la porte samedi dernier n'était pas le neveu de M. Jackson. Quand ils l'avaient questionné à son sujet, l'antiquaire avait écarquillé les yeux, leur assurant qu'il n'avait aucun neveu, pour la bonne raison qu'il était fils unique.

Alfred songea alors à l'intrus et à la façon dont il les avait accueillis, les laissant seuls dans la boutique en les invitant à se réchauffer au coin du feu.

– Il y a au moins une chose que nous avons élucidée, déclara Agatha après un long moment de réflexion. Nous avons réussi à identifier notre informateur.

L'argument tenait la route. L'homme à l'allure trop exotique pour être originaire de Londres avait passé la commande chez les parents d'Alfred tout en sachant que le garçon allait se charger de la livraison et qu'il découvrirait le journal. Sans doute possible, il était l'auteur du message à l'encre rouge.

– Il a passé commande chez mes parents pour nous attirer jusqu'ici, murmura le garçon. Il ne faut pas être bien malin, car il était évident que nous finirions par découvrir qu'il n'est pas le neveu de M. Jackson.

– Il avait tout planifié, poursuivit Agatha. Peut-être lui est-il égal que nous ayons découvert son mensonge. Toujours est-il que ça m'angoisse que nous nous retrouvions ainsi, pris dans un jeu dont nous ignorons les règles. Nous ne savons pas si cet homme est du côté des bons ou des méchants.

– Que veux-tu dire ?

Agatha marqua une pause avant de répondre, comme si elle avait mûrement réfléchi à ce qu'elle allait dire pour ne pas affoler ses amis.

– Je veux parler d'Edison. Et si tout cela n'était qu'une manœuvre destinée à détourner notre attention ? Supposons que ce neveu imaginaire soit en réalité un sbire à la solde de cet énergumène ? S'il voulait nous tenir à l'écart de la course, il ne s'y prendrait pas autrement. Il doit être en train de manigancer quelque chose contre l'oncle Monty...

C'était en effet une possibilité, songea Alfred, même si rien n'était encore joué. Son amie avait raison :

quelqu'un de très malin était en train de se servir d'eux comme de pions, et il était difficile d'agir sans savoir quelles étaient ses intentions.

S'ils voulaient avancer, ils allaient devoir retrouver le faux neveu. Mais comment ? Snouty accéléra le pas, décidée à remonter le moral des troupes. Cette fois plus que jamais, c'était à elle de prendre la tête des opérations.

6

Le fantôme de Covent Garden

Amanda consulta sa montre. La journée touchait à sa fin. Le soleil avait commencé à descendre derrière les toits de James Street, l'artère principale du quartier de Covent Garden, mais la journaliste n'était pas du genre à regagner son logis dès la tombée de la nuit.

Elle avait passé l'après-midi à mener des investigations sur ce maudit fantôme qui continuait d'affoler les usagers du métro londonien.

Ce n'était pas la première fois que la mystérieuse silhouette faisait une apparition. D'ailleurs, la majorité des gens pensaient connaître l'identité du spectre.

On racontait qu'il s'agissait d'un acteur qui se produisait dans les théâtres alentour et qui avait été assassiné par un de ses rivaux. Depuis lors, nombreux étaient ceux qui prétendaient l'avoir vu errer sur les voies. Il avait quasiment l'allure d'un vagabond. Il traversait le tunnel quelques minutes avant l'arrivée de la rame, puis disparaissait soudain, sous les yeux stupéfaits des voyageurs.

Amanda avait commencé par interroger un employé du métro, mais son témoignage ne lui avait pas révélé grand-chose. L'homme avait effectivement entendu courir des rumeurs au sujet d'un fantôme, mais il avait bien assez à faire avec les vivants sans avoir en plus à se préoccuper des revenants.

Amanda était assez d'accord avec lui. Elle ne comprenait pas pourquoi son chef l'avait chargée d'écrire cet article, alors même que le rallye d'Angleterre occasionnait une surcharge de travail colossale à la rédaction. Mais en voyant la réaction de M. Lawrence quand Alfred et Agatha étaient venus lui rendre visite au journal, elle avait préféré faire profil bas. Si elle voulait conserver son emploi, elle avait intérêt à rédiger cet horrible papier.

Déçue et lassée par ce travail idiot, elle décida de prendre une pause et entra au White Lion, un pub chaleureux, situé juste à côté de la bouche du métro. On racontait que le spectre avait été aperçu dans ses parages.

À peine avait-elle franchi le seuil que le patron du pub se renfrogna et commença à protester contre la présence d'Amanda dans son établissement. Apparemment, les femmes n'étaient pas les bienvenues au White Lion, sauf quand elles étaient accompagnées de leur mari. La journaliste se mit en colère, déclarant qu'elle était assez grande pour aller là où elle voulait, et qu'elle était ici pour mener une enquête dans le cadre de son travail. À ces mots, l'homme éclata de rire et la jeune femme comprit qu'elle ne pourrait rien tirer d'intéressant de ce grossier personnage.

Furieuse, elle ressortit du pub en clamant haut et fort qu'elle ne dépenserait pas un sou dans un lieu où les femmes étaient traitées de la sorte.

Une fois dans la rue, elle inspira profondément l'air frais du soir et retrouva son calme. Le mieux qu'elle avait à faire était de boucler son reportage le plus vite possible, malgré la piètre qualité des témoignages recueillis et la malchance qui semblait s'acharner sur elle.

Amanda commença à longer James Street en direction de la place de Covent Garden. À cette heure-ci, les trottoirs étaient moins bondés. Elle se souvint de l'époque où son père l'emmenait à l'opéra, non loin d'ici. L'ambiance bigarrée du quartier des théâtres était pour elle un enchantement.

Soudain, des formes apparurent au loin, qui attirèrent son attention. Trois silhouettes, deux grandes et une petite, se rapprochaient depuis l'autre bout de la place. La journaliste s'aperçut qu'il s'agissait de Snouty et des deux enfants, qui arrivaient d'un pas décidé dans sa direction. La présence de Miller & Jones ici n'avait rien d'anodin. Amanda avait hâte d'en découvrir la raison.

– Nous arrivons du *Daily Telegraph*, expliqua Agatha. On nous a dit que vous étiez en train d'enquêter sur le fantôme. Et nous en avons déduit que vous deviez être ici.

Amanda songea que rien n'échappait à la sagacité des jeunes détectives.

– Nous voulions vous faire part de certaines découvertes, poursuivit la fillette. Nous avons enquêté sur l'origine du journal du magasin d'antiquités et avons eu quelques surprises.

Agatha lui raconta alors la visite chez l'antiquaire, qui n'était au courant de rien et n'avait pas de neveu. Cette affaire était en train de prendre une tournure inquiétante et aucun d'eux ne savait comment retrouver l'homme au teint basané. Ils s'étaient dit alors que le journal qui manquait dans la salle des archives avait peut-être refait son apparition et que grâce à lui, ils pourraient avancer dans leur enquête. Mais Amanda n'était pas convaincue.

– J'ai retourné les archives de fond en comble, répondit-elle. Et je me suis rendu compte qu'il manquait plus d'un journal. J'ai également découvert qu'il manquait de nombreux périodiques parmi ceux mentionnés sur la fiche de Jules Verne. Quand j'ai voulu en parler à mon chef, il était trop occupé et n'a pas daigné m'écouter.

À ces mots, Agatha eut l'impression de tomber au fond d'un puits. Alfred et elle avaient espéré que la journaliste allait pouvoir éclairer leur lanterne, mais la voie sur laquelle ils s'étaient engagés semblait de plus en plus étroite et semée d'embûches.

– M. Lawrence est très perturbé par la façon dont se déroule la course, précisa Amanda. Non pas qu'il soit très attentionné en temps normal, mais les coups bas d'Edison envers votre oncle lui ont clairement aigri le caractère.

– Sérieusement ? s'enquit Agatha en haussant un sourcil préoccupé. À la lecture des journaux de ces derniers jours, je pensais que tout allait bien pour Monty.

La journaliste secoua la tête.

– M. Lawrence se refuse à tout commentaire. Mais moi, je pense que les gens devraient savoir quelle sorte de candidat représente les États-Unis. Hier, Monty a dû faire face à de sérieux problèmes.

Snouty se dressa et appuya ses deux pattes avant sur les genoux d'Agatha, alarmée par les propos d'Amanda.

– Nos correspondants nous ont informés ce matin que Monty était toujours en tête, expliqua la journaliste en s'efforçant de rassurer les deux amies. Mais quelqu'un avait crevé ses pneus. Si Vicenzo Lancia et les membres de son équipe n'avaient pas été là pour le secourir, il se serait retrouvé dans le fossé. Ils lui ont prêté des roues de secours pour qu'il puisse continuer.

– Je savais que cet Edison préparait un mauvais coup, murmura Agatha. Quelque chose me dit qu'il est aussi impliqué dans cette histoire.

– Allons, il ne faut pas exagérer, intervint Alfred. Il est trop occupé à saboter la course de ton oncle pour se soucier de nous.

La fillette acquiesça. Son ami avait sûrement raison, mais elle ne pouvait s'empêcher d'éprouver de la colère. Amanda lui tapota gentiment l'épaule, puis elle consulta de nouveau sa montre.

– Venez, il est tard. Je vais vous raccompagner chez vous. La journée a été longue et je ne sais que vous conseiller quant à la marche à suivre.

*

Dès qu'il vit la voiture d'Amanda, Alfred comprit pourquoi la journaliste était tellement férue d'automobiles. En un clin d'œil, elle inséra la manivelle dans le système de démarrage, la fit tourner une ou deux fois, et lança le moteur.

Agatha était plus silencieuse que de coutume. Assise sur la banquette avant, Snouty sur ses genoux, elle regardait défiler les rues à l'extérieur.

– Je n'aime pas quand les enquêtes piétinent, dit-elle au bout d'un moment. Je ne vois pas comment nous allons avancer alors qu'il y a tant de détails qui nous échappent. Jusqu'ici nous n'avons réussi à découvrir qu'une seule chose : nous devons retrouver un trésor ayant appartenu à Jules Verne.

Amanda hocha la tête. Elle tourna dans une rue et déclara, sans quitter la chaussée des yeux :

– J'adore les livres de Jules Verne. Quand j'étais petite, ses histoires me transportaient dans des pays lointains. Mon roman préféré est sans aucun doute *Le tour du monde en quatre-vingts jours*. Vous l'avez lu ?

Agatha fit non de la tête. Mais Alfred acquiesça avec enthousiasme. Il connaissait bien les aventures de Phileas Fogg, un gentleman anglais ayant relevé le défi de faire le tour du monde en quatre-vingts jours.

– Le plus amusant, c'est qu'on a l'impression de suivre une course, souligna le garçon. Un policier se lance à la poursuite de M. Fogg pour l'arrêter, ce qui lui fait craindre de perdre son pari.

Agatha promit qu'elle le lirait, même si, ces derniers temps, elle avait l'impression de vivre elle-même un véritable roman d'aventures.

– L'oncle Monty aussi est pris dans une course contre la montre, murmura la fillette. J'espère qu'il aura autant de chance que le héros de Jules Verne.

Avec un rival tel qu'Edison, les choses risquent de se gâter.

Voyant qu'Agatha serrait Snouty très fort dans ses bras, Amanda comprit que la fillette avait le moral au plus bas.

– Je suis certaine que ton oncle saura surmonter tous les obstacles, déclara-t-elle avec conviction. Mais je comprends que tu te fasses du souci. Cela démontre que tu tiens beaucoup à lui.

Snouty soupira. Elle aussi aimait beaucoup l'oncle Monty, et l'idée qu'il puisse lui arriver quelque chose la terrorisait.

– J'ai toujours été intriguée par ses deux bouts de queue, commenta la journaliste en montrant Snouty. Mais je n'ai pas osé vous poser de questions...

– C'est une marque de naissance, expliqua Agatha. C'est aussi la raison pour laquelle Snouty est venue vivre en Angleterre. Si elle était restée en Inde, on l'aurait sacrifiée.

– Vraiment ? s'exclama la reporter. Et comment est-elle arrivée ici ?

– Grâce à l'oncle Monty. Il se trouvait chez des amis, en Inde, quand Snouty est née. Les gens disaient qu'elle allait porter malheur à ses maîtres à cause de ses deux queues, qu'il fallait la séparer de sa mère et de ses frères et sœurs, et la tuer. Mais mon oncle a proposé de la ramener avec lui en Angleterre. C'est son sauveur, et la personne qui a le plus compté pour elle, jusqu'à ce qu'il me la confie.

Un sourire attendri illumina les traits d'Amanda. Alfred songea que l'oncle Monty allait enfin monter dans l'estime de la journaliste.

Comme le trajet n'en finissait pas, le garçon voulut mettre ses mains dans ses poches pour les réchauffer. Mais pour cela, il devait d'abord en extraire les deux journaux qui ne l'avaient pas quitté depuis dimanche dernier, ainsi que la brochure de l'académie des beaux-arts, qu'il avait reléguée à l'arrière-plan de ses préoccupations.

– Je crois que je ferais mieux de la jeter une bonne fois pour toutes, dit-il en parcourant le fascicule des yeux. Mes parents ne voudront jamais que j'aille là-bas. Déjà qu'ils trouvent que je ne les aide pas suffisamment à la boutique...

Agatha hocha la tête en silence, puis elle expliqua à Amanda de quoi parlait Alfred.

– Tu as raison de vouloir apprendre le dessin, Alfred, approuva la journaliste, une fois mise au courant de la situation. Il n'y a rien de honteux à étudier les beaux-arts. Tu devrais le dire à tes parents.

– Ils ne seront jamais d'accord, soupira Alfred. Les choses ne sont pas si simples quand on vient d'un quartier populaire.

– Ne dis pas de sottises. Rien ne t'empêche de faire ce que tu veux. Crois-moi, c'est autrement plus difficile quand on est une femme, mais ça n'est pas une raison pour renoncer.

Agatha regarda Amanda avec curiosité. La jeune femme aux cheveux roux tenait des propos qui ne manquaient jamais de la surprendre.

– Pas plus tard que tout à l'heure, j'ai voulu aller prendre un verre au White Lion de Covent Garden. C'est tout juste si le patron ne m'a pas jetée dehors, commenta Amanda, l'air grave. Alfred, dis-toi que quand tu seras grand, personne ne pourra t'interdire de faire un métier qui te plaît ou de dépenser ton argent comme tu l'entends. Nous rencontrons tous des difficultés, mais ce n'est pas une raison pour baisser les bras. Tu comprends ?

Amanda regarda Alfred dans le rétroviseur pour s'assurer qu'il l'écoutait.

– Je veux dire que si tu désires quelque chose de toutes tes forces, il n'y a pas d'obstacle que tu ne pourras pas surmonter. Tiens, le journalisme, par exemple. Je mourrais d'ennui si je ne pouvais pas exercer mon métier. Je ressens le besoin de connaître la vérité, de savoir pourquoi telle ou telle chose arrive. Et je ne permettrai à personne de m'en empêcher sous prétexte que je ne suis pas un homme. Je n'ai pas la vie facile, mais rester à la maison à me morfondre n'arrangera rien.

Agatha comprenait parfaitement ce que ressentait Amanda et trouvait injuste que le *Daily Telegraph* ne lui donne pas la place qui lui revenait. Son courage et sa force de caractère étaient tellement contagieux que la fillette ne ressentait plus aucune appréhension.

La journaliste déposa Snouty et les enfants devant la maison des Miller, puis elle fit demi-tour pour regagner son appartement.

7

Le mystère de la chouette

Quand Amanda s'était arrêtée devant chez les Miller, Alfred n'avait pas eu le cœur de lui demander de le raccompagner dans l'East End, à l'autre bout de la ville. Il était descendu avec Agatha et Snouty, songeant qu'Hercule, le majordome, accepterait de le ramener plus tard chez lui.

Il était encore tôt, de sorte que les trois amis allèrent s'asseoir au coin du feu pour réfléchir à leur enquête. Snouty les aurait volontiers aidés, mais une fois douillettement installée sur son coussin rouge à galon doré, bercée par les chuchotements de ses compagnons, elle se sentit sombrer dans une exquise torpeur.

Agatha estimait qu'ils devaient suivre les conseils de son voisin, sir Arthur Conan Doyle, et laisser momentanément l'enquête de côté jusqu'à ce que les choses s'éclaircissent d'elles-mêmes.

– Quel dommage que sir Arthur ne soit pas à Londres en ce moment, murmura la fillette. Nous aurions pu le consulter.

Agatha s'était levée pour s'approcher de la fenêtre. Dehors, l'obscurité s'était installée. Au fond du jardin, on apercevait la maison abandonnée des Elster, qui se trouvait à nouveau au centre de leurs préoccupations.

Alfred lui demanda si elle avait envie de jouer aux cartes, mais son amie ne répondit pas. Elle semblait observer quelque chose à travers la baie vitrée du salon, comme si une idée soudaine lui avait traversé l'esprit.

– Que se passe-t-il ? demanda-t-il en allant la rejoindre.

– J'étais en train de penser à l'antiquaire et à la chouette. M. Jackson a dit qu'il achetait toute sa marchandise dans des salles de ventes...

Le regard d'Alfred se porta sur le toit de la maison voisine et il se sentit parcouru d'un frisson. Il venait de se souvenir comment ils s'étaient introduits tous les deux chez les Elster – une expérience terrifiante[1].

Agatha poursuivit ses réflexions.

– Nous ignorons comment la chouette empaillée a atterri chez l'antiquaire, mais nous savons d'où elle provient. Peut-être pourrions-nous découvrir comment elle est sortie de cette maison et suivre sa trace. À supposer que celle-ci nous amène jusqu'à l'ultime intermédiaire, l'homme qui s'est fait passer pour le neveu de M. Jackson...

C'était une possibilité, en effet. Mais Alfred ne voyait pas comment procéder dès lors que la maison Elster était à l'abandon. De toute façon, il était hors de question qu'il remette les pieds dans cette sinistre

1. Voir *L'affaire des oiseaux*, dans la même collection.

bicoque. Il allait le dire à son amie quand la mère d'Agatha entra dans le séjour avec son nécessaire à broderie. Mme Miller alla s'asseoir au coin du feu sans même remarquer la présence des enfants.

Agatha lui lança sans détour :

– Maman, je me demandais si la maison des voisins avait été rachetée.

– Oh, mon Dieu, ma chère petite, en voilà une question !

Mme Miller laissa passer un petit moment et ne daigna répondre que lorsque sa fille vint se planter devant elle. Voyant qu'Agatha n'en démordait pas, elle posa son ouvrage sur ses genoux et dit :

– Le coupable est derrière les barreaux. Mais je ne comprends pas en quoi cela te concerne. Nous sommes parfaitement en sécurité ici. Il ne peut rien nous arriver.

La fillette soupira. Elle savait qu'en cas de danger, elle serait la première informée, et comptait pour cela sur l'aide de Snouty.

– Je ne me référais pas à cela, maman. Je sais que l'affaire est classée. Je voulais juste savoir s'il y avait de nouveaux propriétaires.

– Non. Il n'y a plus personne. À ma connaissance tout au moins.

– Et qu'est-il advenu des possessions de la famille? insista Agatha.

– Eh bien, ce qu'il advient généralement dans ces cas-là, répondit sa mère, agacée par toutes ces questions. Elles ont été vendues aux enchères. Il fallait bien payer les dettes. Encore heureux que Christie's ait réussi à en tirer un bon prix!

– Comment? s'exclama la fillette.

– S'il te plaît, ma chérie, ne parle pas si fort, ça me donne mal à la tête. J'aimerais bien passer une soirée tranquille, pour une fois.

– Je te demande pardon, maman, s'excusa Agatha. Mais tu dis que la maison Christie's a vendu les possessions des Elster?

– En effet, répondit Mme Miller. Il s'agissait d'objets de luxe, et provenant d'une maison où il s'était passé tant de choses ! Les acheteurs se sont précipités.

Agatha observa Alfred et remarqua qu'il avait pâli. Cette vente chez Christie's ne pouvait pas être une simple coïncidence. Les enfants comprirent quel allait être leur prochain objectif.

*

– Vous avez bien compris ce que je vous ai dit, n'est-ce pas ? demanda Agatha juste avant d'entrer chez Christie's.

Alfred et Snouty échangèrent un regard entendu. Quand leur amie flairait une piste, elle s'y engouffrait sans que rien ni personne ne puisse l'arrêter. Elle cessait de manger ou de dormir pendant une journée entière, et cogitait.

La société de vente aux enchères se trouvait dans le très élégant quartier St James, et Alfred se dit qu'il avait bien fait de mettre son blaser du dimanche pour l'occasion.

– Il faut que nous trouvions un moyen de jeter un coup d'œil au registre, leur avait dit Agatha, durant leur réunion de la veille. Car toutes les maisons comme celle-là gardent la trace de ce qu'elles ont vendu. Nous pourrons peut-être même découvrir l'identité de l'acquéreur.

Alfred songea que c'était une bonne idée. Même s'il doutait que quiconque accepte de leur présenter le registre aussi facilement.

– Laisse-moi faire, le rassura son amie.

Agatha sortit une laisse de son sac et la passa autour du cou de Snouty. La petite chienne n'était pas d'accord pour se laisser attacher, mais elle cessa de protester quand sa maîtresse lui expliqua que c'était indispensable. Ensuite, la fillette enfila des gants blancs immaculés, s'assura que ses barrettes en nacre étaient parfaitement en place, puis adopta l'allure hautaine des dames de son quartier. Se faire passer pour une jeune personne de la haute société ne lui posait pas le moindre problème étant donné qu'elle avait joué ce rôle toute sa vie.

Quand les trois amis franchirent le seuil de l'honorable maison, un employé en livrée accourut aussitôt à leur rencontre. Agatha lui tendit gracieusement la main.

– Bonjour, dit-elle avec un grand sourire. Je suis Camilla Margaret Elster, héritière de la famille Elster, de Bayswater. J'aimerais quelques éclaircissements au sujet d'une vente concernant ma famille.

Devant une telle assurance, l'homme ne souleva aucune objection. Il inclina poliment la tête et disparut derrière une porte. Alfred en profita pour dire à son amie :

– Mais enfin, qu'est-ce qui te prend ? Nous ne savons même pas si la famille Elster a une héritière ! Ils vont nous chasser à coups de pieds aux fesses !

– Tais-toi ! chuchota-t-elle en voyant l'employé revenir en compagnie d'un homme vêtu d'un costume noir parfaitement coupé.

D'allure sévère, ce devait être un des responsables de la maison. Il s'approcha des enfants et tendit la main à Agatha en déclarant :

– Bienvenue, mademoiselle Elster. Veuillez me suivre, s'il vous plaît.

La fillette lui emboîta le pas, Snouty à sa suite, le museau levé bien haut. Alfred hésita jusqu'à ce que son amie se retourne et dise, avec une exquise élégance :

– Si vous n'y voyez pas d'inconvénient, j'aimerais que ce jeune homme nous accompagne. Il arrive que ma petite chienne Mimi s'impatiente quand elle se trouve dans un lieu fermé, et qu'il faille l'emmener faire un tour.

L'homme en noir acquiesça sans se faire prier, et Alfred les suivit sans rien dire.

Ils longèrent une interminable enfilade de couloirs, après quoi l'homme au costume les fit entrer dans une pièce très privée. Une fois assise, la fillette remit Snouty à Alfred, qui, ne sachant trop que faire, alla se poster dans un coin avec la petite chienne.

– Je suis venue, car j'ai besoin de quelques éclaircissements sur la vente aux enchères des possessions familiales, reprit Agatha sur le même ton hautain.

La vente a remporté un vif succès, mais nous nous sommes rendu compte qu'une erreur s'était glissée dans la liste des objets.

– Une erreur ? s'étonna l'homme. Il me semble pourtant que tous les objets ont été dûment répertoriés. C'est le notaire de votre famille qui s'en est chargé.

Alfred craignit que cette conversation tourne court. Mais Agatha semblait pouvoir parer à toutes les éventualités.

– Ce notaire est un incompétent, soupira la fillette. Il a dressé une liste sans savoir que l'un des objets avait une grande valeur sentimentale aux yeux de ma mère. Nous le lui avions pourtant bien précisé.

L'homme hocha la tête, les yeux écarquillés. La présence d'Agatha, si élégante soit-elle, au siège de la maison Christie's devait le surprendre.

– Je veux parler, naturellement, de la chouette, reprit la fillette. Une relique que la famille aurait aimé conserver. Je sais que c'est trop tard, maintenant que la vente a été conclue, mais je me demandais si vous pourriez m'indiquer le nom de l'acquéreur pour essayer de la récupérer. Nous lui ferons une offre qu'il ne pourra pas refuser.

L'homme acquiesça, l'air perplexe.

– Il y a une chose qui m'échappe, s'enhardit-il à dire. Pourquoi monsieur votre père ne se charge-t-il pas lui-même de faire cette démarche ? Je vous prie de m'excuser, mademoiselle Elster, mais il n'est pas courant qu'une dame s'occupe de ce genre d'affaires, et encore moins une personne de votre âge.

– Oh...

Agatha porta sa main à ses yeux avec un geste dramatique.

Le silence se fit soudain dans la pièce, et Alfred songea qu'ils allaient devoir bientôt prendre leurs jambes à leur cou. Mais quand la fillette abaissa sa main, il remarqua que son gant était trempé de larmes.

– Je vous assure que ce n'est pas drôle pour moi de me charger de tout ceci, expliqua-t-elle entre deux sanglots. Voyez-vous, mon père est décédé il y a six mois, et ma mère ne l'a pas supporté. Et quand elle a découvert que la chouette avait été vendue, elle a failli avoir une attaque.

Alfred était pétrifié.

– J'ai donc décidé de remuer ciel et terre pour tenter de la retrouver. J'espère que vous comprenez combien c'est difficile pour moi, et que vous accepterez de m'aider. Ma famille a tant souffert... Je ne suis pas certaine que ma mère s'en remettra un jour.

L'employé serra les lèvres, ému. Il sortit son mouchoir et le tendit à Agatha, qui se tamponna les paupières avec une grande délicatesse.

– Je suis absolument navré, mademoiselle Elster. Votre famille a vécu une véritable tragédie, en effet. Cessez de pleurer, ou je vais pleurer moi aussi.

L'homme luttait pour contenir ses larmes.

– Je suis sûr que nous allons retrouver l'acheteur. Si vous voulez bien me suivre, nous allons consulter le registre.

Agatha le remercia et se leva en jetant un coup d'œil en coin à Alfred et Snouty. Le garçon hocha la tête et leur emboîta le pas, quoiqu'en faisant de gros efforts pour ne pas éclater de rire.

*

Ils se rendirent dans une pièce où se trouvait le commissaire-priseur, un homme de taille moyenne, vêtu avec soin comme tous les employés de la maison Christie's. Avant de les laisser, l'employé serra chaleureusement la main à Agatha et insista pour que son collègue lui apporte toute l'aide dont elle aurait besoin.

Souriant de toutes ses dents, Agatha lança un regard discret à ses deux amis. Le commissaire-priseur alla chercher le registre et leur présenta le catalogue des objets qui avaient été vendus au bénéfice de la famille Elster.

– Si j'ai bonne mémoire, la vente a eu lieu le mois dernier, commenta l'homme. Les coordonnées des acheteurs doivent figurer ici.

Il ouvrit le livre et entreprit de localiser le numéro correspondant à la chouette empaillée, laquelle était reproduite avec beaucoup de réalisme dans le catalogue. Le commissaire faisait tourner les pages avec une telle lenteur qu'Alfred eut envie de lui arracher le registre des mains pour le consulter lui-même. Cependant, il conserva une attitude digne, à l'image d'Agatha, et resta coi.

– Ah, la voici, dit enfin l'homme. Malheureusement, nous ne pouvons pas vérifier grand-chose étant donné que l'acheteur n'a pas souhaité donner son nom.

– Mais c'est impossible..., protesta Agatha, visiblement désappointée. Vous ne vous souvenez pas à quoi il ressemblait ?

– Hélas, les gens qui viennent aux ventes sont si nombreux, mademoiselle, que je ne peux pas me souvenir de tous.

Alfred songea qu'il y avait peut-être un moyen de rafraîchir la mémoire de ce monsieur. En principe, il n'était pas censé ouvrir la bouche, mais étant donné les circonstances, il n'avait d'autre choix que de se manifester.

– Savez-vous si la personne qui a acheté cet objet avait une allure exotique ? Le teint foncé, un accent étranger...

À ces mots, les traits du commissaire-priseur s'illuminèrent.

– Maintenant que vous le dites... Je crois me souvenir, en effet, qu'il correspondait à cette description. Il parlait avec un accent des Indes et sa peau avait la couleur du bronze.

Bingo ! La description cadrait parfaitement avec celle du faux neveu.

– C'était un homme assez mystérieux, poursuivit le commissaire-priseur. Je me souviens que l'enchère précédente lui avait échappé et qu'il était inconsolable. Sa tristesse semblait incommensurable.

– Sa tristesse ? demanda Agatha, intriguée. Que voulez-vous dire ? Ce n'était donc pas la première fois qu'il venait à la salle des ventes ?

– Non, mademoiselle. Il était déjà venu le samedi précédent. Il était très intéressé par l'acquisition d'un autre objet, qui a donné lieu à une bataille d'enchères comme j'en ai rarement vu. Mais il a perdu. Le vainqueur est reparti, l'air triomphant. Mais lui était tellement déçu qu'il faisait peine à voir.

Il devait y avoir une raison à cela, et Agatha décida d'aller au fond des choses.

– Pourriez-vous me dire quel était cet objet qu'il tenait tant à acquérir ? demanda-t-elle en prenant l'air dégagé.

– Eh bien, il s'agit de la canne de Leslie Green. Une véritable relique qui s'est vendue dans les trente mille livres sterling.

– La canne de Leslie Green ? s'enquit Alfred, qui n'y comprenait rien. Quelle sorte de canne est-ce donc ? Pourquoi est-elle aussi prisée ?

– Parce qu'elle a appartenu à Green, l'un des architectes du métro de Londres. Il est mort il y a peu en laissant une fortune considérable et de nombreux objets de valeur. Cette canne était son bien le plus précieux, il ne s'en séparait jamais.

L'homme lança un regard surpris aux enfants.

Il avait du mal à croire que ni l'un ni l'autre ne soit au courant de ce drame.

– L'homme des Indes a perdu l'enchère face à un adversaire redoutable, expliqua l'employé en fouillant parmi les catalogues des ventes précédentes. Un citoyen américain que vous ne connaissez sans doute pas. C'est un homme d'affaires très influent. Et un ingénieur qui s'attribue, entre autres choses, l'invention de l'ampoule électrique.

Les enfants et Snouty échangèrent un regard effaré. Ils savaient parfaitement qui était l'individu auquel se référait le commissaire-priseur, mais Agatha s'enhardit malgré tout à demander :

– Vous voulez sans doute parler de M. Thomas Alva Edison... ?

– Vous le connaissez ? s'étonna l'homme. M. Edison est un monsieur très exigeant. Il n'était jamais venu ici, mais quand il a appris que la canne de Leslie Green était en vente, il a déclaré qu'il était prêt à payer une fortune pour la récupérer. À l'évidence, il cherchait à décourager les enchérisseurs. Et il a gagné la bataille.

Le commissaire-priseur ouvrit alors le registre et montra la page correspondante à Agatha et Alfred. Les enfants restèrent bouche bée. L'objet qui y figurait ne leur était pas du tout inconnu.

8

Un reportage d'investigation

– C'est la canne qu'Edison arborait le jour du départ du rallye ! lança Alfred lorsqu'ils furent ressortis de chez Christie's. Mais pourquoi tenait-il tellement à l'acheter ?

– Quand je te disais que l'Américain était impliqué dans cette affaire ! s'exclama Agatha. Maintenant, nous savons qu'il a bataillé avec le faux neveu pour rafler la canne. Il ne peut s'agir d'une simple coïncidence !

– Tu as raison. Cette canne doit revêtir une valeur particulière pour que tout le monde veuille se l'approprier.

– Cela a peut-être à voir avec le trésor de Verne. Mais je ne comprends pas ce que vient faire le fameux architecte dans toute cette histoire. J'ai l'impression que nous ne sommes pas au bout de nos surprises.

– C'est vrai, concéda le garçon. Nous savons qu'après sa première déconvenue, l'homme des Indes est revenu à la salle des ventes le samedi suivant et a acheté la chouette Elster. Mais pour quelle raison ?

Agatha l'ignorait. Alfred poursuivit son raisonnement.

– Pour l'instant, la seule chose dont nous soyons sûrs, c'est que la canne joue un rôle essentiel dans cette énigme. Et qu'Edison, lui, sait pourquoi.

La fillette serra vigoureusement le poing.

– Il faut que nous le sachions. Même si, pour cela, nous devons poser la question à Edison lui-même. Nous pourrions essayer de récupérer la canne afin de découvrir quel secret elle recèle ? Qu'en penses-tu, Snouty. Ça te dirait d'aller retrouver l'oncle Monty ?

La petite chienne se mit à faire des bonds de joie autour d'Agatha.

– Pas si vite ! intervint soudain Alfred. Comment allons-nous faire pour rejoindre le rallye, alors que nous ne savons même pas s'il y a des trains qui vont là-bas ?

– Ne te tracasse pas pour cela, le tranquillisa son amie. Moi, je sais qui peut nous emmener.

*

– Vous avez complètement perdu la boule ! s'exclama Amanda Preston quand Agatha lui exposa son plan. Je ne peux pas abandonner mon poste au journal, comme ça, sur un coup de tête !

Les enfants songèrent que la fin justifiait les moyens : il fallait absolument qu'ils réussissent à convaincre la journaliste de les accompagner.

Le *Daily Telegraph* ressemblait à un volcan en ébullition. Quelques heures plus tôt, une crise épouvantable avait secoué la salle de rédaction. Le *Times*, leur concurrent, avait pronostiqué la victoire d'Edison. En Une du quotidien s'étalait une photo de l'Américain en tête de la course, suivie d'un article truffé de mensonges à propos de l'oncle Monty. L'éditorial traitait ouvertement le *Daily Telegraph* de ramassis de canailles et s'interrogeait sur la provenance de l'argent qui devait être remis au vainqueur du rallye. Il n'y avait jamais eu de donateur anonyme et la course avait été organisée par le journal dans le seul but de se faire de la publicité.

Depuis son bureau, tout au fond du couloir, on entendait les vociférations de M. Lawrence, qui pestait tant et plus contre le *Times*. La visite d'Alfred et Agatha n'aurait pas pu tomber plus mal.

– Edison a certainement contacté le *Times,* sachant qu'il était notre principal rival, murmura Amanda. Il est en train de mener une guerre d'usure qui va bien au-delà de la course automobile elle-même. C'est à croire qu'il cherche à ruiner notre journal.

Le *Daily Telegraph* n'était pas le seul en danger, l'oncle Monty aussi était menacé. Il ne restait plus que deux étapes avant la fin de la course et les probabilités pour qu'Edison l'emporte allaient croissant.

Il fallait qu'ils sachent ce qui se tramait, et pour cela, ils avaient besoin de l'aide d'Amanda.

– S'il vous plaît, aidez-nous, supplia Agatha. Nous soupçonnions Edison d'être impliqué dans la nouvelle affaire que nous devons élucider, et cet après-midi, nous en avons eu le cœur net.

– Mais je ne peux pas abandonner le journal alors que la rédaction est sur les dents, murmura la jeune femme. Si M. Lawrence s'aperçoit que j'ai quitté mon poste, c'en est fini de ma carrière !

– Précisément ! insista la fillette. Nous vous offrons la possibilité de confondre Edison en effectuant un vrai reportage d'investigation dont votre journal aura l'exclusivité. Vous allez sauver l'honneur du *Daily Telegraph* !

Amanda ne savait que répondre. M. Lawrence venait de sortir de son bureau et aboyait sur ses collègues.

– S'il vous plaît, supplia à nouveau Agatha. Nous devons absolument empêcher Edison de nuire. Tout ce que nous vous demandons, c'est de nous emmener là-bas !

En apercevant les deux enfants aux côtés de la journaliste, M. Lawrence explosa.

– Amanda ! rugit-il. La prochaine fois que je vous surprends en train de papoter, je vous fiche dehors !

Les enfants comprirent que leur plan était tombé à l'eau. Ils n'avaient pas réussi à convaincre la journaliste et Agatha sentit sa gorge se serrer. Mais juste au moment où ils allaient sortir, Amanda leur souffla à voix basse :

– Écoutez, je ne vous promets rien, mais attendez-moi ce soir chez vous.

*

La fillette avait bon espoir que la jeune femme trouve un moyen de se dégager de ses obligations pour les amener sur le circuit du rallye. Mais Alfred était moins optimiste.

Une fois de retour chez Agatha, le garçon décida d'appeler sa mère. Il songea tout d'abord à lui dire qu'il restait dormir chez son amie, puis changea d'avis et invoqua une autre excuse plus proche de la vérité : le *Daily Telegraph* voulait leur consacrer un reportage et ils allaient probablement devoir se rendre à Reading, là où se tenait la dernière étape de la course d'Angleterre.

Heureusement, Mme Hitchcock eut l'air de gober cette demi-vérité. En tout cas, elle ne lui fit pas remarquer qu'elle comptait sur son aide à la boutique. La mère d'Agatha ne souleva pas davantage d'objections et ne se proposa même pas pour les accompagner. Les excentricités de son frère avaient depuis longtemps cessé de la surprendre.

Voyant qu'ils avaient carte blanche, la fillette monta dans sa chambre pour faire ses bagages. Alfred espérait qu'ils n'allaient pas s'absenter plus d'un jour ou deux, mais son amie alla chercher une énorme valise dans laquelle elle rangea une à une toutes ses robes, sans oublier le coussin rouge à galon doré de Snouty. Hercule, le majordome, ayant pris sa journée, les deux enfants se chargèrent de descendre eux-mêmes les bagages au rez-de-chaussée.

Alors qu'il était en train de les déposer dans le vestibule, Alfred remarqua quelque chose à terre, juste devant la porte. Il s'approcha et constata qu'il s'agissait d'un journal. Le facteur avait dû le jeter à travers la fente à lettres. Le garçon le ramassa et alla rejoindre son amie dans le salon.

– Agatha, regarde ce que j'ai trouvé dans l'entrée.

La fillette écarquilla les yeux.

– Le journal ? À cette heure-ci ?

– Hercule aura oublié de vous le remettre. Tiens. C'est le *Daily Telegraph* du jour.

Elle allait s'en saisir, quand elle se figea soudain sur place.

– Tu as dit le *Daily Telegraph* ?

– Oui, pourquoi ?

– Parce que chez moi, on ne reçoit que le *Times*. Nous ne sommes pas abonnés au *Daily Telegraph* !

Le garçon baissa lentement les yeux sur le journal qu'il tenait toujours à la main. Quelqu'un l'avait glissé intentionnellement dans la boîte à lettres.

Vite, il déplia le quotidien et parcourut la première page.

– Regarde ! s'écria-t-il. 5 septembre 1904. La date est encore une fois différente !

Agatha s'empara du journal, et, lorsqu'elle jeta un coup d'œil à l'intérieur, elle poussa un cri de stupeur.

– Il y a un nouveau message !

Rédigé en lettres rouges, celui-ci disait :

Demain à minuit.
Servez-vous de la canne.
Mlle Jones vous montrera le chemin.
Elle a toujours eu un excellent sens de l'orientation.

Que signifiait donc cette nouvelle énigme ?

– On nous fixe un rendez-vous à une heure précise et on nous demande de récupérer la canne d'Edison, murmura Agatha, profondément troublée par ce qu'elle venait de lire. Il est évident que nous devons le faire !

Alfred acquiesça, puis ajouta, paniqué :

– Mais à minuit, où ça ? Il n'y a pas d'adresse. Il n'est fait mention que d'une certaine Mlle Jones. Qui cela peut-il être ?

Soudain, comme s'ils venaient d'avoir la même idée, leurs regards se posèrent sur la petite chienne.

– Snouty ? dit Alfred, incrédule.

– Je n'en sais rien, mais une chose est certaine. Il faut absolument que nous allions à Reading. Espérons qu'Amanda ne va pas nous faire faux bond.

*

La journaliste tint parole. Trois heures plus tard, la jeune femme se garait devant la maison des Miller.

– Parfait, dit-elle, une fois les bagages chargés dans le coffre. À présent, vous allez m'expliquer aussi clairement que possible de quoi il retourne.

Après avoir découvert le nouveau journal dans le vestibule, Agatha avait appelé le *Daily Telegraph* afin d'informer Amanda de la date figurant en première page, pour que celle-ci puisse faire des recherches dans la salle des archives et leur rapporte le journal correspondant. Cependant, la personne qui avait répondu au téléphone n'avait pas pu leur passer la journaliste, car toute la rédaction était en ébullition. Ne voulant pas divulguer une information confidentielle à une inconnue, Agatha lui avait simplement demandé de transmettre la date à la jeune reporter.

– Encore heureux que j'aie su comment l'interpréter, dit Amanda. La standardiste a fait une drôle de tête en me remettant ton message.

– Et donc, vous avez réussi à vous procurer l'exemplaire du 5 septembre 1904 ? s'enquit Alfred.

– Oh, là ! Pas si vite ! répliqua la jeune femme. Malheureusement, ce numéro-là fait justement partie de ceux qui ont disparu. J'ai l'impression que nous nous sommes embarqués dans une drôle d'histoire, d'autant que nous n'avons pas tous les éléments en main.

Agatha reconnut qu'Amanda avait raison. D'eux tous, c'était elle qui était la moins bien informée, et la moindre des choses était de lui raconter tout ce qu'ils savaient à propos de la vente aux enchères, du jeune homme des Indes, d'Edison et de la canne.

– Cette canne est cruciale, affirma la fillette. Le journal de ce soir nous l'a confirmé. Elle a appartenu à un certain Leslie Green, et Edison a réussi à la racheter chez Christie's à l'occasion d'une vente aux enchères.

– Leslie Green, le célèbre architecte ? s'exclama Amanda, stupéfaite.

– Mais pourquoi est-ce que tout le monde le connaît sauf nous ? intervint soudain Alfred.

Amanda lui sourit dans le rétroviseur et expliqua :

– Parce qu'il est mort subitement alors qu'il était très jeune. Les gens sont encore sous le choc. Il devait réaliser les nouvelles extensions du métro de Londres. Mais sa charge de travail était telle qu'il a fait un infarctus.

– C'est malheureux, mais ce sont des choses qui arrivent, concéda Alfred sur un ton légèrement blasé. Pourquoi sa canne est-elle si importante ? Edison l'a achetée à prix d'or. Il fallait qu'il soit diablement intéressé.

– Je ne sais rien de cette canne, dit la journaliste. Mais une chose est certaine : Edison est impliqué jusqu'au cou dans l'affaire que vous tentez d'élucider. Nous allons voir ce que nous pouvons faire. Mais, attention, l'Américain est un adversaire redoutable. Je ne saurais trop vous conseiller de rester sur vos gardes.

Agatha regarda Alfred. L'un et l'autre le savaient depuis longtemps, mais une petite piqûre de rappel ne pouvait pas leur faire de mal.

9

En route !

Le trajet de Londres à Reading n'était pas très long. Et même si la route était accidentée par endroits, Amanda maniait le volant avec une aisance qu'Alfred trouvait rassurante. C'est à peine si la jeune femme avait besoin de lire les panneaux. Elle semblait savoir parfaitement où elle allait.

– J'ai étudié ce parcours à fond, expliqua-t-elle en voyant l'air surpris d'Alfred. Ce n'est pas parce que je n'ai pas pu couvrir la course qu'elle ne m'intéresse pas. Et j'espère qu'il y en aura d'autres.

Amanda conduisit jusqu'au petit matin, mais elle était tellement fatiguée après sa longue journée de travail qu'elle dut s'arrêter pour faire un somme avant de continuer. Alfred eut beau insister pour prendre la relève, elle refusa de le laisser conduire. Il était trop jeune.

Il faisait jour quand ils arrivèrent à Reading. Un habitant des environs eut la gentillesse de les mener jusqu'au campement officiel du rallye. Les concurrents venaient de quitter Bristol, qui se trouvait à cent trente kilomètres de là, de sorte que pour le moment, il n'y avait que quelques personnes qui préparaient l'arrivée de la course.

De chaque côté de la route, on avait disposé des tentes renfermant toutes sortes de pièces de rechange, et dressé un chapiteau destiné à accueillir les voitures que les gens du village ne manqueraient pas de venir prendre en photo. Alfred fit remarquer que tous ces préparatifs avaient dû coûter une fortune, mais Amanda lui signala que les retombées publicitaires pour le journal et chacune des écuries automobiles étaient extrêmement rentables.

– L'équipe qui va remporter la course va empocher une belle petite somme, lui expliqua-t-elle.

Alfred comprit alors pourquoi Edison, qui aimait tant l'argent, avait pris part au rallye.

Les détectives et la journaliste se dirigèrent vers le campement, et la jeune femme ne put résister à l'envie d'entrer dans la tente des Italiens, où un visage connu leur souhaita la bienvenue.

– Eh ! Quelle bonne surprise ! s'exclama Enzo. Vous avez bien fait d'arriver de bonne heure, parce qu'une fois que les concurrents auront franchi la ligne d'arrivée, nous ne saurons plus où donner de la tête.

Alfred et Agatha le saluèrent avec effusion. Après tout, l'équipe italienne avait sauvé l'oncle Monty du désastre. Ce n'étaient pas des traîtres, comme Edison.

– Votre oncle a dû se surpasser pour rester dans la course, leur expliqua le garçon. C'est un homme courageux. Et très sympathique. Il m'a tellement parlé de vous que j'ai l'impression de vous connaître depuis toujours, comme de véritables amis.

Agatha se sentit flattée par cette remarque. Elle était tellement impatiente de revoir son oncle qu'elle ne tenait pas en place. Enzo leur apprit que les participants n'arriveraient pas avant un long moment et leur proposa d'aller manger un morceau à l'hôtel où les équipes allaient loger.

– C'est une petite auberge en bordure du chemin, expliqua-t-il. Mais ça a l'air confortable.

La maison qui allait accueillir les participants était, en effet, une entreprise familiale avec peu de personnel, mais le patron accepta volontiers de leur servir un ragoût.

– Mon ragoût est le meilleur du comté, proclama-t-il fièrement. Il est si bon que tout le monde en redemande.

Alfred acquiesça. Les pommes de terre en sauce étaient vraiment délicieuses. Quand Amanda demanda à l'aubergiste s'il lui restait des chambres libres, ce dernier secoua la tête. Ils étaient complets. Mais peut-être pourrait-il s'arranger pour qu'ils dînent en compagnie des concurrents. La jeune femme le remercia, puis lorsque tous eurent fini leur assiette, Enzo leur proposa de les amener jusqu'à l'endroit où allait passer le rallye.

Massée sur le bord de la route, une foule immense guettait les concurrents, qui n'allaient pas tarder à arriver. Le maire du village était là, lui aussi, avec le certificat qu'il allait devoir remettre au vainqueur de l'étape. Une longue file de journalistes attendait, la caméra au poing. Agatha craignait qu'Amanda s'attire des problèmes si ses confrères du *Daily Telegraph* remarquaient sa présence, mais la jeune femme ne semblait nullement inquiète. Accoudée à la barrière, elle observait la frénésie qui régnait autour d'elle.

– Amanda, quelle excuse avez-vous donnée pour ne pas vous rendre au bureau ce matin ? lui demanda la fillette. Si vos collègues vous voient et qu'ils en réfèrent à votre chef, vous risquez d'avoir de gros ennuis.

– Ne t'en fais pas pour cela. Tout est arrangé.

– Vraiment ? s'étonna Agatha. Je croyais que dans un travail comme le vôtre, on n'obtenait pas facilement un jour de congé. Comment avez-vous réussi à convaincre M. Lawrence ?

– Je ne l'ai pas fait. J'ai décidé de démissionner, afin de pouvoir écrire un article tellement excellent que mon chef sera obligé de me réengager. En attendant, je suis au chômage.

La jeune détective se sentit soudain investie d'une lourde responsabilité. Il fallait qu'Amanda ait pris très au sérieux le travail de Miller & Jones pour placer son avenir professionnel entre les mains de l'agence.

Bien que touchée par une telle marque de confiance, Agatha était inquiète, car ils ne pouvaient pas se payer le luxe d'échouer.

Les spectateurs, impatients, commençaient à s'échauffer. Les villageois agitaient frénétiquement leurs banderoles. Alfred escalada la clôture avec l'aide d'Enzo. Une fois debout sur la barrière, il put apercevoir la première voiture qui grimpait la côte.

– Ils arrivent ! s'écria-t-il.

Les gens se mirent à pousser des cris de joie, tandis qu'Alfred, depuis sa position dominante, racontait à ses amies le déroulement de la compétition.

– Je n'arrive pas à voir qui conduit quelle voiture, mais il y en a trois en tête, qui se disputent la première place. L'un d'eux a une légère avance.

Agatha pria de toutes ses forces pour que l'oncle Monty fasse partie de ces trois-là.

– La voiture de tête est en train de prendre l'avantage, poursuivit son ami. Attendez ! Les deux autres font des embardées ! On dirait qu'ils ont perdu le contrôle de leurs véhicules !

Un désagréable pressentiment s'empara de son amie. À l'évidence, le perfide Edison avait trouvé le moyen de gagner.

– S'ils continuent à faire des tête-à-queue, ils vont se télescoper, s'exclama Alfred, affolé.

– Ça y est, je les vois ! cria Enzo. Ils se rapprochent. Mais on dirait qu'ils sont en grande difficulté !

Comme l'avait dit Alfred, la première voiture ne cessait de creuser l'écart avec les deux autres et ne se trouvait plus qu'à quelques mètres de la ligne d'arrivée. Les deuxième et troisième concurrents progressaient à grand-peine, en décrivant d'étranges zigzags. L'un d'eux frôla de si près un arbre que des branches s'en détachèrent et s'abattirent sur son véhicule. Heureusement, le conducteur évita le choc de justesse, quoique sans parvenir à redresser la direction.

– Edison a dû répandre une substance huileuse sur la chaussée, murmura rageusement Amanda. Je trouve étrange que les deux autres aient rencontré le même problème en même temps. Espérons qu'ils puissent continuer la course.

La voiture de tête était sur le point de franchir la ligne d'arrivée. Au volant, Edison avait ralenti l'allure afin de savourer pleinement sa victoire et brandissait sa canne d'un air triomphant. Les enfants purent constater qu'elle était identique à celle qu'ils avaient vue dans le catalogue de Christie's. Celle de Leslie Green.

Loin derrière, les deux candidats malchanceux n'étaient autres que Vicenzo Lancia et l'oncle Monty. Ils avaient enfin réussi à reprendre le contrôle de leurs véhicules et roulaient à fond de train pour tenter de rattraper le temps perdu. Mais une quatrième voiture, celle des Français, les doubla juste avant la ligne d'arrivée. Enfin, après plusieurs minutes d'insoutenable suspense, l'automobile de Monty franchit la ligne blanche.

Aussitôt, les enfants coururent le rejoindre, tandis que la foule commençait à se disperser. Dans la zone de ravitaillement réservée à l'équipe anglaise, Monty pestait tant et plus. Quand il parvint enfin à s'extraire des branchages qui étaient tombés à l'intérieur de sa voiture, les enfants constatèrent qu'il était couvert de boue de la tête aux pieds.

– Canaille ! s'exclama l'oncle Monty, furieux.

Il parlait d'Edison, bien sûr ! Mais malgré tous ces déboires, Agatha était soulagée de le retrouver sain et sauf. Il n'y avait que six jours qu'ils ne s'étaient pas vus, mais elle avait l'impression que cela faisait une éternité. Elle voulut le serrer dans ses bras, mais renonça en voyant l'état de son costume.

– Que s'est-il passé ? lui demanda-t-elle.

Monty releva le menton, indigné. Il allait répondre à sa nièce quand son regard se figea brusquement. À l'entrée de la tente, une silhouette surmontée d'une chevelure rousse incandescente se découpait à contre-jour. Amanda venait d'arriver en compagnie de Snouty. Incapable de détacher les yeux de cette apparition, l'explorateur demeura pétrifié.

– Désolé d'être aussi peu présentable, s'excusa-t-il quand la jeune femme s'approcha du petit groupe. Il faut que j'aille prendre un bain de toute urgence. Absolument navré, mademoiselle Preston.

– Ne vous en faites pas, monsieur Bohermer, répondit la journaliste. Je ne vais pas tourner de l'œil pour si peu. Même si je pense, en effet, qu'un brin de toilette ne vous ferait pas de mal.

À ces mots, Alfred fut pris d'un fou rire. Voyant sa réaction, Amanda l'imita. Heureusement que l'oncle Monty arborait un masque de boue, sans quoi, tous auraient remarqué qu'il était devenu rouge comme une tomate.

Quand les mécaniciens entrèrent pour effectuer la révision du véhicule, Monty leur fit un compte rendu de la situation. D'après lui, en prenant la tête de la course, Edison avait répandu de l'huile de moteur sur la route, grâce à des valves situées à l'arrière de son automobile. N'ayant pas pu éviter la substance visqueuse, Vicenzo Lancia et lui s'étaient mis à déraper et à faire des tête-à-queue.

Outré, Alfred était d'avis qu'on dépose une plainte auprès du comité d'organisation. Mais Amanda déclara :

– Edison aura certainement pris toutes ses précautions. Vous pouvez être certains que son auto est équipée d'un mécanisme secret. Et quelque chose me dit que ses mécaniciens sont déjà en train de le démonter.

– Vous avez raison, convint Monty. Edison est coutumier de ce genre de pratiques sournoises.

– C’est injuste, marmonna Alfred. On devrait lui rendre la monnaie de sa pièce.

Dehors, les journalistes attendaient Monty, prêts à recueillir ses impressions sur le déroulement de la course. Mais l’explorateur ne jugea pas utile de s’étendre sur les problèmes qu’il avait rencontrés.

– Comment expliquez-vous que votre véhicule ait commencé à donner de la bande dans toutes les directions ? insista l’un des reporters. S’agirait-il d’un défaut de fabrication ?

Avant que Monty ait pu répondre, un Edison, tout sourire, lança depuis son véhicule :

– M. Bohermer devrait se retirer du rallye. Il ne pourra jamais gagner avec ce vieux tacot.

L’oncle Monty brûlait d’envie de lui répondre du tac au tac, mais il se retint et se contenta de déclarer aux journalistes :

– Tout ce que je peux vous dire, c’est que lorsque j’entreprends quelque chose, je vais jusqu’au bout. Je ne suis pas de ceux qui renoncent à mi-chemin.

Sur ces paroles, l'explorateur se fraya un passage dans la foule, laissant l'Américain avec les reporters. Agatha courut le rejoindre, tandis qu'Alfred, Snouty et Amanda lui emboîtaient le pas. La fillette savait que son oncle en avait gros sur le cœur, c'est pourquoi elle décida de l'encourager.

– Notre enquête a avancé depuis ton départ, lui dit-elle en passant son bras sous le sien. Nous avons des tas de choses à te raconter.

10

Le dîner à l'auberge

Lorsqu'ils arrivèrent à l'hôtel, les autres participants étaient en train de faire la queue à la réception pour récupérer leur clé de chambre. Parmi eux se trouvait Vicenzo Lancia, qui salua chaleureusement les enfants et Amanda. Lui aussi avait passé un sale quart d'heure, mais il comptait bien se rattraper à la dernière étape. D'après lui, rien n'était encore joué.

Au même instant, Edison et son équipe entrèrent dans le hall, et le patron de l'auberge se répandit en courbettes.

– Monsieur Edison, c'est un honneur de vous avoir parmi nous. Permettez que je vous débarrasse.

D'un geste plein d'arrogance, Edison laissa tomber son énorme manteau en peau d'ours sur les bras du tavernier.

– Sachez que notre établissement s'est doté de tout le confort moderne, reprit le patron. Nous avons fait installer tout récemment l'électricité, afin que votre séjour soit le plus confortable possible. Il était hors de question que l'inventeur de l'ampoule électrique soit logé dans une chambre éclairée au gaz.

Avec un sourire fourbe, Edison prit la clé que l'homme lui tendait, et, sans un regard pour les autres personnes présentes, se dirigea d'un pas assuré vers l'escalier, ses aides de camp et son volumineux équipage à sa suite.

Le propriétaire de l'hôtel avait tenu parole et s'était arrangé pour qu'Amanda, Alfred et Agatha puissent manger avec les candidats. La veille de la dernière étape, il était de tradition que tous les compétiteurs se retrouvent autour d'un dîner et se souhaitent bonne chance. Agatha songea qu'il risquait d'y avoir des étincelles au repas, et se félicita de pouvoir être aux côtés de l'oncle Monty.

Sitôt récupérée la clé de sa chambre, ce dernier s'approcha d'Amanda et la lui remit. Voyant sa surprise, il lui expliqua que Lancia lui avait proposé d'utiliser sa salle de bains. Ainsi, elle pourrait se reposer de la fatigue du voyage de nuit.

La jeune femme le remercia chaleureusement, mais dès qu'il eut disparu dans l'escalier, elle demanda aux enfants et à Snouty de l'accompagner afin qu'ils puissent discuter de la suite des opérations. Car ils ne devaient pas perdre de vue le véritable motif de leur visite : récupérer la canne de Leslie Green et tenter de découvrir pourquoi Edison y tenait tant.

– Nous devons manœuvrer de telle façon qu'Edison ne se rende compte de rien, suggéra Agatha lorsqu'ils furent dans la chambre. S'il découvre que nous voulons lui dérober la canne, nous ne pourrons rien en tirer.

Amanda était totalement d'accord. C'était une technique couramment employée par les journalistes qui menaient des interviews. On mettait la personne à l'aise. Ainsi, elle se laissait plus facilement aller aux confidences.

Soudain, quelqu'un frappa à la porte. Agatha se leva pour aller ouvrir. Elle entrebâilla prudemment le vantail pour voir qui se tenait de l'autre côté. C'était l'oncle Monty. Propre comme un sou neuf, il tenait un bouquet de violettes à la main. Après un court instant d'hésitation, il l'offrit gracieusement à Amanda, qui l'accepta en souriant. Encouragé par sa réaction, l'explorateur lui offrit son bras pour la mener jusqu'à la salle à manger.

Mais Agatha le retint.

– Attends, oncle Monty, dit-elle. Il faut d'abord que nous t'expliquions certaines choses que nous avons découvertes concernant Edison.

*

La majorité des convives étaient déjà attablés quand le petit groupe fit son entrée dans la salle à manger. L'oncle Monty ouvrait la marche, Amanda à son bras,

Alfred, Agatha et Snouty quelques pas en arrière. La petite chienne avait insisté pour participer au dîner, au cas où elle devrait sortir ses crocs pour défendre ses amis. Elle décida de s'installer sous la chaise de la fillette.

L'immense tablée était présidée à un bout par Vicenzo Lancia, qui avait réservé quatre chaises en enfilade pour Monty, Amanda et les enfants, et à l'autre par Edison, qui était déjà installé en compagnie des capitaines de son équipe. À peine assis, Alfred remarqua la canne que l'inventeur tenait collée contre sa jambe. À l'évidence, l'Américain n'était pas disposé à s'en séparer.

Monty avait pris place à côté de Lancia, en compagnie de la journaliste. Agatha s'installa près d'Amanda, rassurée de se sentir entourée de la jeune femme et d'Alfred, qui occupait la quatrième chaise. L'aubergiste arriva avec des bouteilles et annonça :

– M. Edison a eu la gentillesse d'apporter le meilleur vin de sa cave.

Une fois servi, l'inventeur leva son verre pour porter un toast.

– Je vous souhaite à tous un excellent dîner, dit-il en exhibant sa splendide dentition. Et je propose que nous buvions à la santé du vainqueur demain.

– À la santé du vainqueur ! s'exclamèrent-ils tous en chœur.

Amanda et Monty échangèrent un regard stupéfait, puis voyant que Lancia levait son verre, décidèrent de l'imiter. Quand ils eurent fini de trinquer, l'aubergiste leur exposa fièrement le menu :

– Des pommes de terre bien rissolées et du poisson dont vous me direz des nouvelles !

Alfred trouvait lassant de manger des pommes de terre à tous les repas, mais il se garda bien d'objecter, car il voulait se conduire en hôte irréprochable. Edison, en revanche, ne se gêna pas pour entamer la conversation. Les entrées étaient à peine sur la table qu'il commença à faire des remarques désagréables.

– Le dîner a un peu de retard, lança-t-il à Vicenzo Lancia, d'une voix suffisamment forte pour être entendue de tous. À cette heure-ci, en Amérique, les enfants sont au lit.

Agatha coula un regard en coin à son ami. Edison cherchait de toute évidence à les provoquer.

– Moi, je trouve formidable que les enfants soient venus jusqu'ici, dit Lancia en souriant à l'assistance. C'est une bonne chose que les jeunes s'intéressent aux courses automobiles. De plus, c'est un plaisir d'accueillir Amanda Preston parmi nous. Vous la connaissez tous, je suppose, elle est reporter au *Daily Telegraph.*

Les convives saluèrent poliment la journaliste et les garçons commencèrent à servir les premiers plats. Mais l'Américain n'avait pas fini de se montrer déplaisant.

– Chère mademoiselle Preston, vous avez finalement réussi à venir assister à la course. Il me semblait pourtant que votre chef vous l'avait interdit. Peut-être lui êtes-vous plus utile quand vous servez le thé à la rédaction ?

Amanda inspira profondément et laissa tomber sa cuillère dans son assiette.

– Vous avez raison, monsieur Edison, et je vous présente à tous mes excuses, dit Amanda avec une parfaite innocence. Je n'ai pas pu venir plus tôt, car je travaillais à un article très important.

– Vraiment ? s'exclama l'homme d'affaires.

– Oui, oui, répondit la journaliste. Il s'agit d'une enquête qui pourrait bien s'avérer être un scoop. Elle est quasiment terminée... Il ne manque plus que quelques... détails.

La jeune femme prit une cuillérée de soupe et un sourire se dessina sur ses lèvres. Alfred profita de cet instant de silence pour intervenir. Le moment était venu de glaner le plus d'informations possible au sujet de la canne.

– Vous n'avez pas abandonné votre article sur le fantôme de Covent Garden, au moins ? demanda-t-il en regardant fixement la journaliste. J'ai hâte de connaître le dénouement de cette histoire.

– Ah, oui ? feignit de s'étonner Amanda. Et pourquoi cela, Alfred ?

Ce fut Agatha qui répondit :

– Parce qu'il est passionné par les lignes de métro. Il ne s'intéresse à rien d'autre. Comme cet architecte... Comment s'appelait-il déjà ?

– Leslie Green, intervint aussitôt Edison.

Le silence se fit autour de la table. Agatha comprit qu'elle venait de faire mouche. Elle s'empressa de manger sa soupe, mine de rien. Elle n'eut pas à attendre bien longtemps avant que l'inventeur ne s'immisce dans la conversation.

– J'ai travaillé avec M. Green à la construction du métro de Londres, expliqua-t-il pour se donner de l'importance. C'est mon entreprise qui a réalisé toute l'installation électrique, et je l'ai bien connu.

– Vous voulez dire que vous l'avez croisé une ou deux fois, lança Alfred sur le ton de la provocation. Ça ne fait pas de vous les meilleurs amis du monde. D'ailleurs, c'est à lui qu'il faudrait poser la question.

– Comme vous le savez certainement, c'est impossible, rétorqua Edison, légèrement froissé. M. Green est malheureusement mort d'une attaque. Les travaux avaient pris du retard et il fallait absolument inaugurer la nouvelle ligne de métro. Résultat, il n'a pas supporté la pression.

– Oui, je sais que Leslie Green n'est plus de ce monde, poursuivit Alfred. C'est pourquoi personne ne pourra jamais corroborer vos dires. Les bons amis sont très rares et je doute que vous ayez gardé des preuves de cette supposée amitié. Elle n'était sûrement pas aussi forte que vous le prétendez.

Agatha vit l'homme d'affaires empoigner sa canne et la serrer rageusement dans son poing. Pour n'importe qui d'autre, c'était un geste anodin, mais pas pour elle. Elle allait tourner la tête, quand son regard croisa celui d'Edison. L'inventeur avait remarqué qu'elle l'observait et bouillait de rage intérieurement. Cependant, l'Américain choisit de rester silencieux. Il n'était pas idiot.

11

La chambre d'Edison

Les desserts avaient été servis depuis longtemps quand Agatha et Alfred annoncèrent qu'ils devaient aller se coucher.

Les deux amis avaient espéré qu'Edison se séparerait à un moment ou à un autre de sa précieuse canne, mais après le regard furtif que l'homme d'affaires lui avait lancé au dîner, la fillette sentit qu'ils allaient avoir du mal à la lui soustraire.

Tandis qu'ils se dirigeaient vers l'escalier, Agatha jeta un regard vers Amanda. Ils avaient convenu qu'elle resterait à table aux côtés de Monty, afin de surveiller Edison et de les alerter au cas où ce dernier quitterait la salle à manger. La jeune femme lui parut soucieuse. De toute façon, tant que l'Américain gardait sa canne, ils ne pourraient rien faire à l'étage.

– Edison a compris que nous étions en train de tramer quelque chose, murmura Agatha une fois à l'étage. Il s'est conduit bizarrement à table. Il n'a pour ainsi dire pas décroché un mot après votre conversation.

Alfred aussi l'avait remarqué. L'Américain s'était contenté de serrer fermement le pommeau de sa canne dans sa main et de les dévisager effrontément, Agatha et lui.

– Je me demande laquelle de ces chambres est celle d'Edison, lança la fillette en désignant la vingtaine de portes qui flanquaient les deux côtés du couloir. Nous pourrions au moins essayer de lui dérober la canne quand il montera se coucher.

– En espérant qu'il ne va pas tarder, répondit Alfred. N'oublie pas que nous avons rendez-vous à minuit, et au train où vont les choses, je crains fort que nous ne soyons en retard.

La pendule du salon marquait huit heures quand ils étaient sortis de table. Il ne leur restait donc que très peu de temps pour s'emparer de la canne et regagner Londres. Sans parler du point de rencontre. Ils n'avaient toujours pas réussi à déchiffrer le message du journal. Même en admettant qu'ils parviennent à ravir la canne de Green, ils ne voyaient pas comment ils pourraient se rendre à une réunion dont ils ignoraient l'adresse.

– La seule solution, c'est que nous nous cachions dans la chambre d'Edison en attendant qu'il monte, suggéra Agatha. Le problème, c'est que toutes les portes sont identiques. Je crois que nous allons avoir du mal à trouver la sienne. Sans parler de l'ouvrir, car elle est certainement fermée à double tour.

– Vous croyez que c'est un problème ? lança soudain une voix.

Les enfants et Snouty firent volte-face, paniqués. Mais ils se détendirent quand ils comprirent que c'était Enzo qui les interpellait ainsi.

– Vicenzo Lancia souffre d'un ulcère à l'estomac et m'a demandé de monter lui chercher son médicament, poursuivit le garçon. Je savais que j'allais vous trouver en train de rôder dans le corridor. Vous avez trouvé Edison bizarre, vous aussi, pendant le dîner ?

Agatha lui expliqua qu'ils étaient en train de mener une enquête périlleuse et qu'ils comptaient sur sa discrétion. Le jeune Enzo leur promit de rester muet comme une carpe.

– Je ne peux pas vous dire laquelle de ces chambres est celle d'Edison, mais je peux vous aider à l'ouvrir.

– Sérieusement ? s'exclama la fillette.

– Bien sûr, répondit le garçon, sûr de lui. Aucune serrure ne résiste aux doigts experts d'un bon mécano.

Agatha resta bouche bée, en particulier quand Enzo tendit la main en direction de sa chevelure.

– Hep-là ! protesta-t-elle. Qu'est-ce que tu fais ?

– J'ai besoin de ceci, l'informa le garçon en montrant les barrettes de nacre que la mère d'Alfred lui avait offertes. Si tu veux que j'ouvre la porte, il va m'en falloir une. Mais d'abord, il faut savoir laquelle est la bonne.

Alfred leva les yeux vers le plafond du couloir, puis s'écria :

– Je pense avoir la solution.

*

Agatha se réjouit intérieurement d'avoir un associé aussi observateur. Quand l'inventeur américain s'était présenté à la réception, le patron de l'auberge s'était répandu en politesses. Il s'était dit enchanté de l'accueillir dans son établissement, au point qu'il avait fait faire des travaux de modernisation, comme installer l'électricité.

Alfred avait remarqué qu'un enchevêtrement de câbles électriques courait le long du plafond jusqu'à une des chambres qui se trouvaient tout au fond du couloir. C'était la seule à disposer de l'électricité, et par conséquent, ce devait être celle d'Edison.

– Regardez, dit le garçon. Il n'y a pas de lampe à gaz à côté de la porte.

Impressionnées par le pouvoir de déduction de leur associé, Agatha et Snouty s'écartèrent pour laisser passer Enzo. Ce dernier s'empara d'une des barrettes et l'introduisit avec beaucoup d'adresse dans le trou de la serrure.

En quelques secondes la porte était ouverte.

– Merci infiniment, balbutia la fillette en remettant en place sa pince à cheveux intacte.

– De rien, répondit Enzo galamment. Bon, je ferais bien de me dépêcher d'apporter son médicament à mon chef. Il doit trouver le temps long. J'espère que tout ira comme vous le voulez.

Alfred le remercia et lui promit que, s'ils se faisaient prendre, ils ne diraient pas comment ils avaient fait pour ouvrir la porte.

Lorsque Enzo disparut dans l'escalier, les trois amis entrèrent dans la chambre de l'Américain.

*

Agatha, inquiète, se mit à tâter le mur à la recherche de l'interrupteur. Quand ses doigts rencontrèrent un petit picot métallique, elle le poussa vers le haut et une lumière blanche inonda la pièce.

Aussitôt, Alfred et Snouty entrèrent à leur tour. Agatha eut un haut-le-corps en découvrant la quantité d'objets qui encombraient la pièce. À croire qu'Edison emportait encore plus de bagages qu'elle quand il partait en voyage. Dans un coin se trouvait une patère à laquelle étaient suspendus plusieurs costumes, et sur la petite table, s'étalait une montagne de cartes routières jetées pêle-mêle.

Alfred alla se planter au milieu de la pièce et déclara :

– Il faut faire vite et trouver un endroit où se cacher. Je ne pense pas qu'il y ait assez de place pour nous trois sous le sommier.

Snouty décida de s'en assurer sans délai. Elle se glissa sous le lit puis sortit son museau pour leur faire signe. Mais ni Alfred ni Agatha n'avaient envie d'aller la rejoindre là-dessous.

– Imagine qu'Edison, vu son poids, nous aplatisse comme des crêpes quand il se mettra au lit ? murmura la fillette avec une pointe d'ironie. Jetons plutôt un coup d'œil dans l'armoire.

Elle montra une penderie adossée au mur du fond. Alfred en ouvrit les portes. Il y avait plus de place qu'il n'en fallait.

Il s'y faufila et entreprit de déplacer un gros objet qui se trouvait à l'intérieur. C'était une énorme sacoche. Mais celle-ci pesait si lourd qu'Agatha dut lui venir en aide.

Ils auraient pu la cacher sous le lit. C'était la meilleure solution dans l'immédiat, songea Alfred. Mais juste au moment où il allait le faire, Agatha poussa un petit cri.

– Attends !

Pétrifiée, la fillette écarquillait des yeux affolés. Puis, elle pointa la sacoche du doigt.

– Regardez !

Sur le côté du grand fourre-tout, s'étalaient en toutes lettres les mots *« Daily Telegraph »*.

– Ce sac provient du journal ? s'exclama Alfred. Mais que fait-il ici ?

Agatha s'empressa d'ouvrir la sacoche. Dès qu'elle vit les coupures de presse qui se trouvaient à l'intérieur, elle comprit.

– Tous ces articles de presse sont consacrés à Jules Verne ! Et ils sont entre les mains d'Edison !

– Ce sont les exemplaires manquants des archives ! dit Alfred. Comment a-t-il pu les dérober ?

– Je crois que la bonne question est pourquoi il l'a fait. Qu'y a-t-il dans ces articles qui puisse l'intéresser ? s'interrogea Agatha.

– Le trésor de Jules Verne, murmura son ami. À tous les coups, Edison veut s'en emparer. Sait-il en quoi consiste le trésor et où le trouver ?

– Nous allons nous en assurer tout de suite, répondit la fillette en s'asseyant au bord du lit et en ouvrant tout grand le sac de cuir. Voyons la première date, celle qu'Amanda cherchait l'autre jour dans les archives.

Agatha passa en revue tous les *Daily Telegraph*, soigneusement rangés à l'intérieur. Du moins l'inventeur avait-il eu la correction d'en prendre soin. De son côté, Alfred avait sorti le journal qui se trouvait dans sa poche et qui portait la date correspondant à l'exemplaire qu'ils allaient devoir consulter une fois qu'Agatha aurait fini de lire le premier article.

– Le numéro du 1er août 1904 contient une déclaration de Jules Verne au sujet de son grand ami Leslie Green, l'informa la fillette. Apparemment, ils s'étaient rencontrés au cours d'un voyage. Verne était ravi que Green ait été chargé des agrandissements du métro de Londres. D'après lui, c'était un excellent ingénieur.

Sur la photo, on voyait Leslie Green posant avec sa fameuse canne aux côtés de l'écrivain. Les deux hommes regardaient l'objectif d'un air affable.

– Ainsi donc, ils étaient amis, s'exclama Agatha. Comment n'y avons-nous pas pensé ?

Alfred lui tendit le journal qu'il avait sorti de sa poche. Il avait le sentiment que la date figurant sur cet exemplaire était encore plus importante que la première.

– 5 septembre 1904, lut la fillette à voix haute. Voyons...

Elle se mit à feuilleter les journaux sous le regard fasciné de ses amis. Ils avaient l'impression que ses doigts bougeaient au ralenti tant ils étaient impatients de connaître la réponse.

– Le voilà ! s'écria-t-elle.

Alfred et Snouty s'assirent à côté d'Agatha. Quand la fillette déplia le journal et que tous les trois jetèrent un coup d'œil à l'article, c'est comme si la terre s'était arrêtée de tourner. Ce que renfermait l'exemplaire du 5 septembre 1904 n'était autre qu'une interview de Jules Verne accompagnée d'une photo des plus incroyables. On y voyait l'écrivain en compagnie d'un animal. Un chien dont l'aspect leur était familier...

– « Jules Verne posant avec Lilly, sa fidèle amie », lut la fillette en murmurant. Je ne comprends pas... Cette chienne est...

Les deux enfants posèrent sur Snouty un regard intrigué.

– C'est le portrait craché de Snouty, déclara Alfred, très impressionné. Exactement la même chienne.

La photo avait été prise dans le bureau de Verne. Le romancier caressait sa chère Lilly, qui, assise sur un coussin, regardait son maître avec affection. La fillette recommença à lire :

– « Lilly est l'unique source de bonheur qui me reste. Ma chienne est tellement intelligente qu'elle me connaît comme personne. Elle est mon plus précieux trésor. »

À la lecture de cette dernière phrase, Agatha sursauta.

– Regardez ! Son trésor le plus précieux !

– Est-il possible que cette chienne soit le trésor de Jules Verne ? s'interrogea Alfred, stupéfait. Mais quelle sorte de trésor est-ce là ?

– Nous ne le savons pas encore, chuchota Agatha, mais il me semble que les pièces du puzzle commencent à s'emboîter.

– Que veux-tu dire ?

– Que je comprends pourquoi nous sommes impliqués dans cette affaire.

Tandis qu'elle prononçait ces mots, Agatha observait Snouty. Les yeux de la petite chienne traduisaient son inquiétude. Ce mystère-ci était sans doute le plus extraordinaire de tous ceux qu'ils avaient résolus jusqu'ici. Mais elle ne put pousser plus avant ses réflexions, car un bruit de pas dans l'escalier les mit en alerte.

– Quelqu'un vient ! chuchota Alfred en plaquant une oreille contre la porte. Vite, cachons-nous.

Agatha poussa la sacoche sous le lit, quoique sans y remettre l'article de journal qu'ils venaient de consulter. Elle le fourra dans sa poche et courut se cacher dans l'armoire, tandis que son ami éteignait la lumière. Alfred se dirigea ensuite à tâtons vers le lit, guidé par Snouty qui tirait sur sa jambe de pantalon.

12

La canne de Green

À peine le garçon eut-il eu le temps de se recroqueviller sous le lit que la porte de la chambre s'ouvrait. Quelqu'un actionna l'interrupteur et la lumière se fit de nouveau. C'était Edison.

Une fois à l'intérieur, ayant pris soin de poser sa canne contre le dossier de la chaise, l'inventeur se débarrassa de sa veste et de ses bretelles. Puis il ôta son nœud papillon et se dirigea vers la salle de bains.

Snouty et Alfred, qui avaient observé la scène, échangèrent un regard. La canne était toute proche, mais pas suffisamment. Le garçon hésita à sortir de sa cachette. Si seulement il avait pu consulter Agatha. Mais lorsqu'il entendit couler l'eau dans la baignoire, il comprit qu'il avait bien fait d'attendre.

À l'intérieur de la penderie, la fillette était elle aussi aux aguets. À travers la fente de la porte, elle observait Edison. Apparemment, il avait décidé de prendre un bain. C'était le moment ou jamais de dérober la canne.

À l'instant même où l'Américain disparut dans la salle d'eau, Alfred et Snouty sortirent de sous le lit et s'élancèrent vers le bureau, tandis qu'Agatha quittait sa cachette.

– Tiens, tiens ! chuchota-t-elle d'une voix quasi imperceptible.

Agatha s'était saisie de la canne et en inspectait la partie supérieure. Ornée de motifs dorés, celle-ci recelait un détail qui lui donna la chair de poule. Elle le montra à ses amis. Sur la surface arrondie du pommeau étaient gravées les lettres *« J. V. »*.

– Ce sont les initiales de Jules Verne ! murmura Alfred, stupéfait. Vous pensez que cette canne lui appartenait ?

– Je compte sur vous pour éclaircir ce point !

La porte de la salle de bains venait de s'ouvrir. Les trois amis reculèrent, effrayés, en voyant paraître Thomas Alva Edison. Il leur avait clairement tendu un piège, car il portait toujours les mêmes habits. Il avait fait semblant de se faire couler un bain et attendu, guettant le moment de les prendre la main dans le sac.

– Les regards anxieux que vous avez échangés pendant tout le dîner vous ont trahis.

Agatha serra la canne de toutes ses forces contre sa poitrine et déclara :

– Nous ignorons tout de cet objet. Vous en savez bien plus que nous.

– Ah, encore un de ces mensonges dont vous êtes spécialistes, se moqua l'Américain. Vous êtes venus ici dans le seul but de me la prendre.

Alfred inspira profondément. Il fallait qu'ils trouvent un moyen de s'enfuir le plus vite possible.

– Bon, d'accord. Nous sommes au courant pour la canne, pour Green et pour le trésor, intervint le garçon, la gorge serrée. Et nous savons aussi que cette canne est indispensable pour le retrouver.

Tout en prononçant ces mots, Alfred observait les traits de l'homme d'affaires. Comme il s'y attendait, ce dernier réagit violemment.

– Dites-moi où se trouve le trésor, rugit-il. Si vous le faites, je vous promets de vous laisser partir. Sinon, je veillerai à ce que cet imbécile de Monty ne franchisse jamais la ligne d'arrivée.

– Ce n'est pas avec des menaces que vous obtiendrez quoi que ce soit, s'enhardit le garçon. Il nous suffit de crier à l'aide pour que tout l'hôtel rapplique.

– Je n'en suis pas si sûr.

Edison éclata de rire.

– Les autres sont tous en train de dormir à poings fermés dans la salle à manger. Votre oncle Monty, la journaliste qui fourre son nez partout, et même le patron de l'hôtel. En ce moment même, tous sont en train de rêver à la victoire. Grâce au vin apporté spécialement de ma cave.

Alfred connaissait suffisamment Edison pour savoir qu'il disait la vérité. Une telle marque de courtoisie envers ses adversaires ne pouvait pas être gratuite. Comment avaient-ils pu être aussi naïfs ?

– Vous saviez que nous n'allions pas boire de vin, dit-il entre ses dents serrées. Vous l'avez fait exprès pour nous tenir à votre merci.

– Je voulais me retrouver seul avec vous, concéda l'inventeur, l'air un peu plus détendu. J'aimerais savoir comment on accède à ce fameux passage.

Ce fameux passage ? Qu'entendait-il par là ? Agatha comprit que la stratégie d'Alfred était la bonne. Ils devaient continuer de mener Edison en bateau. Apparemment, la canne permettait d'ouvrir une mystérieuse porte.

– Je sais qu'il existe un lieu secret quelque part dans Londres, poursuivit l'Américain. Je me suis rendu en France au cas où le trésor serait caché dans la tombe de Verne. Mais je n'ai rien trouvé. En revanche, je suis certain que vous savez où il se trouve. Vous allez me dire tout de suite où et comment y accéder.

La fillette avala sa salive tout en continuant de serrer la canne dans ses poings, puis décida de prendre la parole.

– Pourquoi avez-vous pris les journaux consacrés à Jules Verne dans les archives du *Daily Telegraph* ? C'est du vol !

– Cela n'a pas été bien difficile, ricana le vaniteux homme d'affaires. Je voulais connaître tout ce qu'il est possible d'apprendre sur ce maudit trésor. Leslie Green était un intime de Verne. Malheureusement, il est mort avant que j'aie pu lui soutirer la moindre information.

Agatha fronça les sourcils. Pour des hommes comme les sbires d'Edison s'introduire de nuit dans les locaux du *Daily Telegraph* avait dû être un jeu d'enfant. Mais une autre question la tarabustait.

– Vous aviez déjà suffisamment à faire avec le trésor, pourquoi avez-vous tenu à participer en plus au rallye ?

– Grâce à cette course automobile, je savais que j'allais pouvoir donner à ce balourd de Monty la leçon qu'il mérite, expliqua l'inventeur. J'étais en train de chercher le trésor quand j'ai appris qu'un rallye allait avoir lieu. Une récompense de vingt mille livres sterling, ça ne se refuse pas. Sans parler du bonheur de pouvoir me venger de Monty Bohermer. Ce que j'ai toujours voulu faire depuis notre dernière rencontre. À cause de vous, j'ai loupé une belle occasion d'agrandir ma fortune. Mais vous ne perdez rien pour attendre.

Comme il prononçait ces mots, Edison sortit un objet pointu de sa poche. Alfred s'aperçut qu'il s'agissait d'un couteau. Sa gorge se serra, mais il trouva le courage de se placer devant ses deux amies pour les protéger.

Agatha, cependant, était résolue à soutenir son ami. Jamais elle ne permettrait à cet homme vil de lui faire le moindre mal.

– Vous ne parviendrez pas à me faire lâcher cette canne, déclara-t-elle courageusement. Vous devrez me tuer pour cela.

– Quels talents de tragédienne, mademoiselle ! s'esclaffa bruyamment l'homme d'affaires. Mais c'est inutile. Vous êtes tous à ma merci.

Le couteau dans son poing serré, Edison fit deux pas en avant, obligeant les trois amis à reculer. Ces derniers étaient presque acculés à l'armoire, et leurs chances de s'échapper étaient quasiment nulles.

Soudain, les paroles d'Amanda lui revinrent à l'esprit. La journaliste disait toujours qu'il ne fallait jamais s'estimer vaincu, mais au contraire utiliser ce qu'il vous restait de forces.

L'Américain continuait d'avancer. Peut-être que la canne de Green était l'arme dont ils avaient besoin. C'est alors qu'Agatha cria avec force à son ami :

– Baisse-toi, Alfred !

Aussitôt, le garçon s'accroupit et se déporta sur le côté. Guidée par une force insoupçonnée, la fillette empoigna la canne comme s'il s'agissait d'un gourdin et en asséna un grand coup sur les tibias d'Edison. L'inventeur tituba un instant et s'effondra à terre. Comprenant qu'il fallait à tout prix l'empêcher de se relever, Snouty fonça tête baissée et planta ses crocs dans sa jambe.

– Vite, Alfred ! ordonna Agatha, sans lâcher la canne. Partons d'ici !

Elle n'eut pas besoin de lui dire deux fois. Dès qu'elle ouvrit la porte de la chambre, le garçon se releva pour la suivre. La fillette remonta le couloir au pas de course jusqu'à l'escalier, puis dévala les marches quatre à quatre. Alfred ne tarda pas à la rejoindre. Lorsqu'ils pénétrèrent dans le salon, le spectacle qui s'offrit à eux les laissa sans voix.

Edison avait dit vrai. Rassemblés autour de la cheminée, tous les hôtes dormaient à poings fermés. Agatha chercha son oncle des yeux. Assis sur le canapé, l'explorateur dormait paisiblement, sa main posée affectueusement sur celle d'Amanda. Malgré les grognements et les bruits de lutte qui leur parvenaient de l'étage, la fillette éprouva un pincement de joie à la vue de cette scène idyllique.

– Et maintenant, on fait quoi ? s'exclama Alfred en constatant qu'ils ne pouvaient pas compter sur l'aide de la journaliste. Il faut que nous soyons à Londres avant minuit !

Agatha sortit subitement de sa rêverie. Il fallait faire vite, car Snouty n'allait pas pouvoir retenir Edison indéfiniment.

La fillette se dirigea vers la réception, prit son manteau à la patère, puis prit la direction de l'aire de stationnement.

À côté de l'enclos réservé aux automobiles de la compétition, l'auberge avait aménagé un petit espace pour les voitures de ses clients. Dès qu'il le vit, Alfred comprit les intentions de son amie.

– Tu ne songes pas sérieusement à prendre la voiture d'Amanda ? s'écria-t-il. Quand Edison aura réussi à se débarrasser de Snouty, il va se lancer à notre poursuite.

– Raison de plus pour nous dépêcher !

La fillette monta dans la voiture de Mlle Preston, posa la canne de Green sur la banquette et partit à la recherche de la manivelle.

On aurait dit qu'elle se sentait invincible, pensa Alfred en la voyant si décidée.

– Où diable est-elle passée ? pesta Agatha en fourgonnant dans le coffre. Elle devrait être ici.

Quelques secondes plus tard, elle trouva enfin la manivelle sur le plancher du véhicule. Elle la brandit fièrement sous le nez de son ami. Mais ce dernier semblait hésitant, comme s'il ne savait pas s'en servir.

– Essaie de démarrer le moteur, lui lança Agatha en la lui remettant. Il faut l'introduire dans un orifice situé à l'avant de la voiture et la faire tourner.

– Pourquoi est-ce à moi de le faire ? protesta Alfred, visiblement contrarié.

– Parce que c'est toi le scientifique ! répondit la fillette. À quoi bon avoir lu tout Jules Verne si tu n'es pas fichu de démarrer une auto ?

– Cela n'est expliqué dans aucun de ses romans ! En tout cas pas dans ceux que j'ai lus !

– Arrêtez de vous chamailler ! leur cria soudain une voix.

C'était Enzo.

Lui non plus n'avait pas bu de vin.

– Vous avez vu ce qui s'est passé ? dit-il. Ils sont tous endormis !

Alfred et Agatha lui expliquèrent pourquoi.

Comprenant qu'il ne pourrait rien faire pour les candidats endormis, Enzo décida de parer au plus pressé : mettre en marche la voiture d'Amanda. Ce qu'il fit en un clin d'œil, et quand Alfred se fut installé derrière le volant, il expliqua à Agatha quoi faire si jamais l'auto venait à caler.

– N'oublie jamais que le copilote est aussi important que celui qui conduit, lui dit-il. Reste bien vigilante, surtout.

La fillette leva les yeux vers l'unique fenêtre éclairée de l'auberge. Les bruits de lutte avaient cessé. « Pourvu qu'il ne soit rien arrivé à Snouty », songea-t-elle. Seules les vociférations d'Edison étaient audibles. La petite chienne n'émettait pas un seul grognement.

– Il faut partir, vite ! s'impatienta Enzo.

Agatha porta ses doigts à sa bouche et un sifflement strident déchira le silence. Elle espérait que

Snouty entendrait son signal. Les cris de l'inventeur devenaient de plus en plus forts, et les enfants comprirent qu'il était dans l'escalier.

Pris de panique, Alfred passa la première et la voiture s'ébranla.

– Mais qu'est-ce que tu fais ? protesta son amie. Il faut attendre Snouty !

Alfred le savait, mais le vieux tacot roulait tout doucement. Il fallait bien qu'ils prennent un peu d'avance s'ils ne voulaient pas qu'Edison les rattrape.

Enzo se mit à trotter à côté de l'auto, tandis qu'Agatha regardait fixement la porte de l'auberge.

Soudain, elle vit la petite chienne qui franchissait le seuil et se mettait à détaler à fond de train en direction de la voiture. Agatha entrouvrit la portière pour encourager son amie.

De son côté, Alfred s'efforçait de garder le contrôle de la direction. Après quelques instants de vertige, il dominait presque la situation, agrippé des deux mains au volant et suivant les conseils d'Enzo, qui courait à présent à toutes jambes. Avant de perdre haleine, le mécano leur prodigua un dernier conseil.

– Vous avez environ cinq minutes avant qu'Edison ne répare son auto ! leur cria-t-il.

– Qu'est-ce que tu as fait ? demanda Alfred, paniqué.

– Je lui ai préparé une bonne surprise ! Dommage que vous ne puissiez pas profiter du spectacle ! dit-il en souriant de toutes ses dents.

Puis il cessa de courir tandis que la voiture continuait de filer droit devant. Entre-temps, Snouty avait réussi à atteindre la portière du côté d'Agatha. Rassemblant toutes ses forces, la petite chienne sauta et atterrit entre les bras de la fillette, qui referma aussitôt la porte et la serra affectueusement contre elle.

À travers la lunette arrière, Enzo vit Agatha qui agitait sa petite main blanche en guise d'au revoir. Le bruit du moteur se perdit dans le lointain. Le garçon attendit que le véhicule ait complètement disparu dans l'obscurité, puis il fit demi-tour et se dirigea vers l'aire de stationnement.

Edison apparut en claudiquant sur le seuil de l'auberge. Les maudits enfants avaient réussi à prendre la fuite, sans doute à bord d'une voiture volée.

Mais il allait les prendre en chasse ! Récupérer la canne faisait partie de ses priorités, de même que donner une bonne correction à ce roquet de malheur. Cette fichue bestiole avait mis son beau pantalon en pièces.

L'inventeur commença à se diriger vers l'enclos des voitures de compétition. Avec son bolide dernier cri, il allait les rattraper en un rien de temps. Sortant la manivelle de son boîtier, il commença à l'actionner.

À l'autre extrémité du champ, caché derrière la voiture de Monty, Enzo observait les gesticulations de l'homme d'affaires. Edison n'allait pas tarder à comprendre l'origine de la panne et à la réparer. Mais quand le moteur à combustion explosa et que l'enclos se remplit de fumée, le mécano ne put réprimer un sourire de satisfaction.

L'Américain poussa un cri de rage. Enzo éclata de rire en se rappelant ce qu'il avait utilisé pour obstruer le tuyau d'échappement de sa voiture. Jamais il n'aurait imaginé se servir un jour des horribles pommes de terre de l'aubergiste pour jouer un aussi mauvais tour.

13

La forêt de Reading

Alfred conduisait aussi vite qu'il le pouvait. Ce n'était pas chose facile de rouler dans le noir sur cette route qui descendait à flanc de colline. L'épais feuillage des arbres rendait la chose encore plus difficile, sans parler des innombrables croisements qui mobilisaient toute son attention.

À ses côtés, Agatha se concentrait elle aussi sur les panneaux de signalisation. Leur entreprise était d'autant plus périlleuse qu'Edison s'était certainement lancé à leur poursuite.

– Enzo a dit qu'il allait essayer de le retarder, lança Alfred. Mais je veux mettre autant de distance que possible entre lui et nous.

Agatha regarda Snouty. Son amie semblait à bout de forces après sa bagarre acharnée avec l'Américain, puis son sprint pour rattraper la voiture. Roulée en boule sur le plancher, elle essayait de récupérer.

Mais elle n'eut guère de temps pour cela, car deux faisceaux lumineux apparurent au sommet de la côte. La petite chienne releva son museau, aussitôt en alerte. Agatha passa sa tête par la fenêtre et vit qu'un autre véhicule dévalait le coteau en diagonale. Un frisson de terreur la parcourut. Edison avait réussi à démarrer son bolide, mais au lieu de suivre la route, il tentait de les rattraper en coupant à travers champs.

– Il sera bientôt sur nos talons, dit Alfred, qui avait lui aussi aperçu la voiture de l'inventeur. Il faut trouver une parade, vite !

Mais Agatha ne voyait pas quoi faire. L'homme d'affaires était un conducteur expérimenté et bien entraîné. Sinon il n'aurait jamais pu être capitaine de l'équipe américaine. L'équipe américaine ! Mais, oui, bien sûr ! Comment n'y avait-elle pas pensé avant ? La fillette demanda à son ami d'accélérer. Il fallait qu'ils atteignent un point bien précis pour pouvoir se débarrasser une bonne fois pour toutes d'Edison. En espérant que son plan allait fonctionner.

Alfred mit les gaz et le moteur se mit à rugir comme une locomotive. La route allait bientôt pénétrer dans une forêt, Agatha comptait sur l'obscurité et les arbres pour les tirer de ce traquenard. Son ami s'efforçait de garder le contrôle de son véhicule. Quand la fillette aperçut quelque chose au loin et lui ordonna de piler, il réalisa combien il était risqué de rouler à toute allure.

Devant eux, la route se divisait en deux et un panneau indiquait qu'il fallait prendre à droite pour se rendre à Londres.

– Et l'autre chemin, où mène-t-il ? demanda le garçon en observant le carrefour.

– Moi, je dirais qu'il retourne au village, répondit son amie. Mais c'est sans importance. Reste dans la voiture pendant que je change le panneau de place.

Alfred rit. La fillette avait fait le pari qu'Edison ne réussirait pas à s'orienter dans la campagne anglaise. Ayant décidé de s'inscrire à la course à la dernière minute, il n'avait sans doute pas eu le temps d'apprendre tous les itinéraires sur le bout des doigts. Pour preuve, la montagne de cartes routières étalées sur son bureau.

Elle bondit hors de la voiture et s'approcha du poteau indicateur. Mais quand elle essaya de l'arracher pour le déplacer, il résista. Il était trop solidement fiché en terre. Elle tenta alors de le faire pivoter sur lui-même et y parvint, à son grand soulagement.

– Je crains qu'il n'y ait un problème, fit remarquer Alfred. La flèche pointe bien vers la gauche, mais l'inscription « Londres » n'est plus visible depuis la route.

Agatha scruta le panneau de bois. Son ami avait raison. Le mot « Londres » était caché à la vue et la seule chose visible était une grosse flèche blanche dépourvue de toute indication. Au loin, le moteur d'Edison pétarada, leur indiquant qu'il venait d'entrer dans la forêt. Il fallait se dépêcher.

Alfred descendit de la voiture et ouvrit le capot.

– Qu'est-ce que tu fais ? lui demanda la fillette, affolée.

– J'ai besoin d'un peu d'huile de moteur. Je suppose que tu n'as pas emporté de peinture avec toi ?

Son amie haussa les épaules, légèrement vexée. Son énorme valise ne lui avait en définitive servi à rien. Elle ne l'avait même pas sortie du coffre. Mais lorsqu'elle vit Alfred plonger ses doigts dans le cambouis pour tracer des lettres sur la pancarte, elle comprit qu'elle n'avait pas à s'en faire. Le garçon mettait toujours un point d'honneur à se débrouiller avec ce qu'il avait sous la main, si périlleuse que soit la situation. Certes, ce n'était pas comme de dessiner un portrait, mais ça aurait pu être le travail d'un dessinateur professionnel.

La voiture de l'Américain avait presque atteint le croisement. Dès qu'Alfred eut fini, les enfants cachèrent la voiture derrière les arbres et coupèrent le moteur. Puis ils attendirent, tapis dans la broussaille. Agatha priait le ciel pour qu'Edison tombe dans leur piège. Sans quoi, il leur reprendrait la canne, et ce serait une tragédie.

Quelques minutes plus tard, l'automobile atteignit la bifurcation et ralentit son allure. Derrière le volant, un Edison furieux clignait des paupières pour essayer de déchiffrer la pancarte.

Voyant qu'il n'y avait pas d'autre indication, Edison tourna à gauche et prit de la vitesse. Après quelques secondes qui leur semblèrent des heures, le bolide se perdit dans l'ombre. Alfred sauta dans la voiture tandis qu'Agatha actionnait la manivelle pour démarrer le moteur.

Le garçon enfonça la pédale de l'accélérateur et s'élança sur la route de Londres. Ils étaient hors de danger. Cependant, il ne leur restait que peu de temps pour atteindre la capitale.

Assis derrière le volant, Alfred jeta un coup d'œil à la canne de Green.

– Je me demande bien pourquoi elle porte les initiales de Jules Verne, dit-il.

– D'après Edison, elle permet d'ouvrir un passage secret, commenta son amie. Peut-être va-t-elle nous guider jusqu'au fameux trésor. Car nous ne savons toujours pas où nous sommes censés aller.

– On ferait bien d'essayer de le savoir, s'exclama le garçon. Car nous n'avons plus beaucoup de temps ! Le message dit que Snouty saura nous montrer la voie.

Agatha sortit le journal de la boîte à gants et relut le petit mot :

Demain à minuit.
Servez-vous de la canne.
Mlle Jones vous montrera le chemin.
Elle a toujours eu un excellent sens de l'orientation.

Brusquement, la fillette se rappela un détail. Elle fouilla dans sa poche et en ressortit le journal trouvé dans la chambre de l'Américain. Celui où l'on voyait Jules Verne en compagnie de sa petite chienne. Agatha scruta attentivement la photo.

– Continue de rouler. Fonce ! s'écria-t-elle soudain.

Puis elle pivota sur son siège et se mit à fouiller dans sa valise, comme si elle cherchait désespérément quelque chose.

Entre les secousses de la voiture et les gesticulations d'Agatha, Snouty manqua à plusieurs reprises de tomber de la banquette. Enfin, la fillette se rassit à sa place et montra à ses amis ce qu'elle avait trouvé.

– Le coussin de Snouty ? s'exclama Alfred, surpris. Quel rapport avec notre affaire ?

– Un rapport primordial, répondit son amie. La seule chose que Snouty a rapportée d'Inde est ce coussin. Or, je viens de découvrir un détail surprenant.

Agatha déplia le journal et montra la photo à ses amis. La chienne de Verne était assise sur un coussin identique à celui qu'Agatha tenait à la main. Il était évident qu'il s'agissait du même objet.

– Ce serait donc la clé de l'énigme ? s'écria Alfred, au comble de l'excitation. Ce coussin aurait appartenu à la mère de Snouty.

Jusqu'ici, aucun d'eux ne s'était enhardi à émettre une telle hypothèse. Agatha regarda son amie, qui s'était redressée sur son siège, visiblement émue de voir sa mère après toutes ces années.

Alfred leur rappela qu'ils étaient presque arrivés à Londres et ne savaient toujours pas où se rendre.

– Tout dépend de ce coussin, déclara la fillette en le posant sur ses genoux.

– Eh bien, qu'est-ce que tu attends ? Découds-le pour regarder à l'intérieur !

Agatha consulta la petite chienne du regard pour recueillir son approbation. Après tout, cet objet avait appartenu à sa mère. C'était à elle qu'il revenait de prendre la décision.

Voyant que Snouty abaissait son museau et mordait le carré de velours, la fillette comprit qu'elle lui donnait son feu vert.

Sans plus attendre, elle prit le coussin à deux mains et tira de toutes ses forces pour en arracher les coutures. Puis elle plongea la main à l'intérieur.

Ses amis la regardaient faire en retenant leur souffle. Soudain, le visage d'Agatha s'illumina.

Inspirant profondément, elle ressortit sa main du coussin et leur montra ce qu'elle avait trouvé : une carte de visite.

– Quand tu vas voir ce qu'il y a d'écrit dessus, tu n'en croiras pas tes yeux, s'exclama Agatha.

– Pourquoi cela ?

– Parce qu'il s'agit précisément de l'endroit où nous devons nous rendre.

– Au point où nous en sommes, je crois que rien ne peut plus me surprendre.

– Tu te trompes. Ce petit bout de carton vient de me révéler un détail des plus inquiétants. Mais je ne vais rien te dire de plus pour l'instant, sinon que nous devons mettre le cap sur Covent Garden.

– Covent Garden ! s'écria Alfred.

– Quand je te disais que tu allais tomber des nues ! rit la fillette en retournant le petit bristol, avant d'ajouter : C'est l'adresse du White Lion.

14

Voyage au centre de la Terre

– Le White Lion ! Tu veux dire le pub où Amanda a essayé d'entrer ?

Alfred était abasourdi.

Agatha aussi était sous le choc. Ce nouveau rebondissement était bien plus qu'une simple coïncidence.

– Et dire que, pendant tout ce temps, la carte était dissimulée dans le coussin de Snouty ! commenta le garçon.

– Jules Verne l'y avait laissée pour Lilly. Pour qu'elle puisse retrouver le trésor, précisa son amie.

– Mais quand ? Et pourquoi un tel subterfuge ?

– Je n'en ai pas la moindre idée, répondit Agatha. Mais quelque chose me dit que le passage secret commence au White Lion et que toute cette affaire a un rapport avec le fantôme de Covent Garden.

Ils venaient de s'arrêter devant le pub et Agatha sentit brusquement son estomac se nouer.

Une fois la voiture bien rangée le long du trottoir, les trois amis entrèrent dans le bar. Par chance, à cette heure-ci, l'établissement était bondé et personne n'eut l'air de remarquer leur présence. À première vue, ce lieu ne semblait pas abriter de passage secret. Mais Alfred leur montra un escalier.

– Cette volée de marches mène au sous-sol, murmura-t-il à l'oreille de son amie. S'il existe un tunnel, il ne peut commencer qu'à la cave.

Agatha acquiesça, puis empoignant fermement la canne, se dirigea vers l'escalier.

Comme l'avait prédit le garçon, les marches menaient au cellier. Sitôt en bas, Alfred alluma une lampe à pétrole accrochée au mur, puis la décrocha et la brandit devant lui. Une multitude de bouteilles disposées tête-bêche tapissaient le mur de droite, tandis qu'à gauche, des tonneaux de rhum barraient l'accès à un petit réduit.

– J'ai l'impression qu'il n'y a pas d'issue, constata le garçon, déçu. Je ne vois rien qui ressemble à l'entrée d'un tunnel.

– Pourtant, il y en a forcément un, insista Agatha. La carte de visite est on ne peut plus claire. Il doit y avoir quelque chose sur ces murs qui nous échappe.

Soudain, des glapissements interrompirent la fillette. Les deux enfants tournèrent la tête, et quand Alfred brandit la lanterne, il vit que la petite chienne grattait le ciment dans un coin.

– Heureusement que Snouty est là pour nous rappeler qu'il faut fouiller partout, y compris sous terre.

*

Leur amie venait de découvrir une petite trappe en bois dissimulée derrière les tonneaux. La serrure avait beau être rouillée et encrassée, Agatha songea qu'elle pourrait essayer de l'ouvrir avec sa barrette. Elle l'ôta de ses cheveux, et quand elle l'introduisit dans le mécanisme, elle eut une pensée reconnaissante pour Enzo et ses précieux conseils.

Après quelques minutes, le verrou céda. Les deux amis tirèrent sur les chaînes de fer et firent basculer la lourde planche en arrière. Les ténèbres qui s'ouvrirent devant eux étaient terrifiantes. Alfred introduisit la lampe dans l'ouverture : une autre volée de marches les invitait à descendre dans un tunnel.

– Les dames d'abord, dit-il en brandissant la lanterne pour lui faire de la lumière.

Ses amies échangèrent un regard complice, puis Snouty s'engagea dans le passage obscur. Agatha commença à avancer, le garçon à ses côtés, en regardant où elle mettait les pieds.

Au pied des marches, le sol couvert de sable était moins irrégulier. Une odeur de renfermé les prit à la gorge, leur indiquant que ce passage secret avait été creusé il y a très longtemps.

– Ça me rappelle *Voyage au centre de la Terre*, commenta Alfred. Je ne sais pas vous, mais moi je suis transi de froid. Sans compter que j'ai la phobie des espaces clos. J'ai l'impression que nous continuons à descendre.

Le garçon avait raison. Ils descendaient toujours plus profondément dans les entrailles de la Terre, comme les personnages du roman de Jules Verne. Agatha aussi sentait le froid sur ses bras, mais ils ne pouvaient plus faire marche arrière. Tout en avançant, elle s'appuyait sur la canne, même si celle-ci était trop grande pour elle. Snouty allait devant, la truffe au ras du sol, comme si elle était en train de flairer une piste.

Ce lieu lugubre paraissait interminable et Alfred craignait qu'ils ne se soient perdus. On n'entendait rien d'autre que la respiration de la petite chienne humant l'air.

Soudain, Snouty se mit à détaler dans le passage secret. Les enfants suivirent ses aboiements, et après quelques détours, finirent par déboucher dans un véritable tunnel traversé par des rails.

– Mais... comment est-ce possible ? s'écria Alfred, stupéfait. Nous sommes dans le métro !

Ils regardèrent sur leur gauche. On distinguait au loin la station de Covent Garden, qui devait être fermée à cette heure-ci.

Voyant l'air préoccupé de son amie, le garçon demanda :

– Que se passe-t-il ? J'ai l'impression que tu as découvert quelque chose, mais que tu ne veux pas me dire quoi.

– Je ne veux pas trop m'avancer dans mes conclusions, répondit la fillette. Mais je pense avoir deviné le fin mot de l'histoire. Une chose tellement ahurissante que tu ne pourras jamais me croire.

– Tu ne veux rien me dire ? insista Alfred, dont la curiosité était à son comble.

– Chaque chose en son temps, répondit Agatha. Regarde ! Snouty a retrouvé la piste !

La petite chienne avait recommencé à avancer, le museau au ras du sol.

Alfred songea qu'il devait être minuit passé et qu'ils allaient rater leur rendez-vous. Mais il continua de marcher en silence à la suite d'Agatha.

Le tunnel semblait s'étendre à l'infini. Tous les dix ou quinze mètres, il y avait une cavité voûtée de chaque côté de la voie. Ce devaient être des niches où se mettre à l'abri quand une rame passait, songea Alfred, même s'il ne comprenait pas comment on pouvait être assez fou pour s'aventurer sur ces rails quand le métro fonctionnait.

Soudain, Snouty s'arrêta devant l'un des refuges, et après l'avoir flairé un bon moment, s'assit sur ses quatre pattes pour leur faire comprendre qu'ils étaient arrivés à destination.

– On dirait que la piste s'arrête là, dit Agatha en s'approchant de la cavité.

Prenant la lanterne des mains de son amie, le garçon entreprit d'inspecter la paroi, tandis que la fillette se baissait pour féliciter Snouty, qui, cette fois, s'était surpassée.

– C'est notre jour de chance ! s'exclama soudain le garçon. Regardez ce que je viens de trouver.

Devant eux se trouvait la preuve irréfutable qu'ils étaient sur la bonne voie. Gravées dans la roche, les initiales *« J. V. »* miroitaient doucement à la lueur de la lanterne.

– Et comment allons-nous continuer à présent ? s'enquit son amie.

Alfred n'en avait pas la moindre idée. Il n'y avait pas de trappe ni de porte par où se faufiler, juste un petit orifice dans la pierre en dessous des lettres. Le garçon s'en approcha, puis s'en éloigna pour prendre du recul : le trou se trouvait exactement au centre de la voûte.

– Vous vous souvenez de ce que disait le message ? demanda-t-il au bout d'un moment. Il nous disait explicitement de nous servir de la canne, n'est-ce pas ?

Agatha acquiesça. C'était précisément pour cela qu'elle avait apporté la canne avec elle.

– Et que comptes-tu en faire ? s'enquit-elle.

– Je vais essayer quelque chose.

Ayant inspecté soigneusement le bâton de marche, Alfred put constater que son diamètre correspondait à celui de l'ouverture ménagée dans le mur. Il en approcha son visage, et sentit un courant d'air frais.

– Cette fois, je crois que nous tenons le bon bout, s'écria-t-il.

Voyant qu'il s'apprêtait à insérer la canne dans la muraille, Agatha lui lança un regard inquiet.

– Tu es sûr ?

– Il faut essayer, c'est la seule solution.

Inspirant profondément, il introduisit tout doucement le bâton dans la paroi, puis voyant qu'il ne rencontrait pas d'obstacle, continua de l'enfoncer. Quand il eut atteint le fond, il appuya de toutes ses forces sur le pommeau, qui se détacha de la canne, comme s'il était mû par un ressort. Tout d'abord, Alfred craignit d'avoir cassé quelque chose, mais presque aussitôt, il se rendit compte qu'il devait continuer de tirer le pommeau vers lui, comme s'il dégainait une épée de son étui. Soudain, il y eut un déclic, et deux tiges métalliques jaillirent de chaque côté du pommeau. La canne avait à présent l'aspect d'un *« T »* inversé.

– Je crois que cet engin devrait nous servir de clé, expliqua-t-il en saisissant les deux tiges de métal.

– Mais comment ? demanda Agatha, tremblante.

– En le faisant tourner.

À peine avait-il commencé à faire tourner le « *T* » sur la droite que quelque chose se mit à résonner de l'autre côté du mur.

La fillette et Snouty reculèrent, affolées. Mais Alfred continua à faire tourner la canne lentement. Soudain, la chienne se mit à aboyer. La niche commençait à s'ouvrir en deux par le milieu. Le garçon continua à faire pivoter le pommeau jusqu'à ce que l'espace soit assez grand pour pouvoir s'y faufiler. Snouty se mit à flairer la cavité.

– Referme la canne, ordonna Agatha à son ami, et sors-la du trou. Nous devons absolument rester groupés.

Alfred hésita à récupérer le bâton, mais quand il le replia et vit que rien ne se passait, il comprit que la voie était libre. Cependant, ils se dépêchèrent, de crainte de se retrouver broyés entre les deux pans de mur.

Une fois de l'autre côté, le garçon avisa un levier qui permettait de fermer l'ouverture de l'intérieur. Cela fait, il se retourna. Et le spectacle qui s'offrit à lui le laissa bouche bée. Tout au bout d'un long passage de pierre, une lumière rouge scintillait par intermittence. Ils ne devaient pas être bien loin de leur destination finale.

– Quand tu m'as demandé pourquoi j'avais l'air préoccupée, tout à l'heure, lui dit son amie, je n'ai pas su comment te l'expliquer.

Alfred remarqua que la chienne avait cessé de renifler le sol et qu'elle avançait lentement à leurs côtés, comme avec appréhension.

– Je crois que Snouty est arrivée à la même conclusion que toi.

– Oui, confirma son amie. Quand j'ai découvert la carte de visite dans le coussin de velours, je me suis rappelé un détail important.

Ils avaient presque atteint leur but. Au fond du tunnel, ils commençaient à distinguer ce qui ressemblait à un feu de cheminée.

– Je me suis souvenue de ce fameux fantôme qui errait dans le métro, et j'ai pensé que ça ne pouvait pas être qu'une coïncidence compte tenu du grand nombre d'éléments qui nous étaient familiers ou nous impliquaient directement. Il est évident que quelqu'un a voulu nous attirer jusqu'ici.

Agatha avait presque atteint le seuil. Il ne lui restait plus qu'à gravir deux marches pour accéder à ce qui ressemblait à un petit salon. Elle tira sur la manche d'Alfred, qui freinait des quatre fers, pour l'obliger à entrer dans la pièce, où un énorme fauteuil vert était tourné face à l'âtre.

Soudain, son occupant eut l'air de remarquer leur présence, et Alfred crut qu'il allait défaillir, surtout quand le vieillard se leva et s'approcha des enfants en s'appuyant sur une canne. Agatha fit deux pas dans sa direction, et inclinant respectueusement la tête, déclara :

– Bonsoir, Monsieur Verne. Je savais que c'était vous.

15

Le trésor du maître

Malgré son dos voûté par les années, Jules Verne avait encore fière allure. Il arborait un élégant peignoir de soie et une barbe argentée.

Un coup d'œil à l'horloge du salon leur indiqua qu'ils étaient en retard, mais l'écrivain ne semblait pas s'en soucier.

– La conversation avec Edison m'a rappelé l'épitaphe qui figure sur votre tombe, expliqua Agatha. *« Vers l'immortalité et la jeunesse éternelle »*. J'en ai déduit que ce n'était pas le trésor de Verne, mais bien Jules Verne en personne que nous allions trouver ici.

L'homme sourit. Cette fillette avait la tête bien faite. Snouty, qui était restée tapie derrière les jambes d'Alfred, décida de sortir de sa cachette pour observer le romancier.

À peine la vit-il que le vieillard se mit à vaciller sur ses jambes. Cet instant tant attendu lui procura un tel choc que son cœur s'emballa dangereusement et qu'il faillit s'évanouir.

Soudain, une silhouette accourut depuis l'autre bout de la pièce ; un individu dont personne n'avait remarqué la présence jusqu'ici. Agatha et Alfred restèrent bouche bée.

L'homme qui s'était élancé au secours de M. Verne, n'était autre que le faux neveu de l'antiquaire, l'Indien qui les avait obligés à résoudre tant d'énigmes au cours des derniers jours.

Le jeune homme installa M. Verne dans son fauteuil et les enfants s'assirent autour de lui. L'écrivain prit le verre d'eau que son assistant lui tendait, puis son regard se posa sur Snouty. La petite chienne, intimidée, restait collée à la jambe d'Agatha qui la caressait pour essayer de la rassurer.

– Merci, Aristide, murmura le vieillard à son assistant. Comme tu le vois, j'avais raison. Ils sont parvenus jusqu'ici.

La voix de l'écrivain tremblait d'émotion, il ferma les yeux et resta un moment silencieux, comme s'il remerciait le ciel pour cette extraordinaire réunion.

– Aristide a réussi à garder cette cachette secrète, finit-il par dire, et je suppose que vous-mêmes avez fait preuve d'une grande discrétion.

Alfred et Agatha acquiescèrent résolument. La confidentialité était l'un des principes fondateurs de l'agence. Et cette affaire-ci ne faisait pas exception.

– Nous craignions qu'Edison ne soit sur vos traces, intervint Aristide. Mais j'en déduis que si vous êtes ici, c'est parce que vous avez réussi à le semer. Il était fondamental que vous récupériez cette canne.

Agatha comprit que le moment était venu d'éclairer les derniers points d'ombre. L'implication de l'Américain dans cette affaire était prouvée, mais elle ne comprenait pas pourquoi M. Verne s'entourait d'un tel mystère.

– Pour comprendre le fin mot de cette histoire, il faut que nous remontions quelques années en arrière, expliqua M. Verne. Je vivais à Amiens à l'époque, en compagnie de mon épouse, avec qui je n'ai jamais été heureux. Ce qui était prévisible étant donné que je l'avais épousée pour sa fortune.

– Pour sa fortune ? s'enquit Alfred, surpris.

– En effet, monsieur Hitchcock. Nous commettons tous des erreurs de jeunesse. J'accordais beaucoup d'importance à l'argent et au statut social. Résultat, je me suis marié avec une femme que je n'aimais pas.

Alfred ne voyait pas quel était le rapport avec l'affaire qui les occupait.

– Et à cause de cette mauvaise décision, j'ai été malheureux toute ma vie. En particulier durant les dernières années, quand nos relations se sont détériorées. Mon épouse voulait se débarrasser de Lilly, ma seule source de bonheur, et elle en a fait cadeau à Aristide pour qu'il l'emmène aux Indes.

Les enfants commençaient à entrevoir le fil conducteur de toute cette histoire.

– À cette époque, mon ami Leslie Green se faisait beaucoup de souci pour ma santé. J'avais besoin de me faire opérer d'urgence pour ne pas perdre la vue, mais ma femme n'était pas d'accord. C'est alors que Leslie m'a fait une proposition tout à fait hors du commun. Sachant que mon mariage battait de l'aile et que cette intervention chirurgicale pouvait me changer la vie, il m'a suggéré de disparaître et de venir vivre à Londres avec lui. Il était en train de dessiner les plans du nouveau métro et avait conçu ce logement pour que je puisse y vivre en paix et confortablement.

Agatha jeta un coup d'œil au salon. C'était une pièce chaleureuse, et les différentes portes qu'on apercevait dans le fond indiquaient que Green avait pris la peine de construire une maison digne de ce nom. Elle devinait ce qui s'était passé ensuite, mais elle attendit que Verne le lui explique.

– Dans sa lettre, Green avait joint des indications ainsi qu'une carte de visite, celle du White Lion.

De là-bas partait un passage secret qui me mènerait jusqu'à l'appartement qu'il avait aménagé pour moi. J'hésitais. Simuler sa propre mort n'est pas une décision facile. Je jetai la lettre au feu, mais conservai la carte du pub, au cas où je déciderais de me lancer dans cette folle aventure. Le lieu le plus sûr, chez ma femme, était le coussin de Lilly. C'est pourquoi je décidai de le découdre pour y cacher la carte du pub. Ce ne fut pas facile à cause de mes mauvais yeux, mais je n'avais pas le choix. Et si ma mémoire venait à me trahir, du moins me resterait-il ce bout de papier.

Aristide avait apporté le thé. Il posa le plateau sur la petite table basse, puis s'assit avec les enfants pour écouter la suite de l'histoire.

– Peu après, Aristide emmena Lilly avec lui. Mon chagrin était si grand que je décidai de mettre le plan de Green à exécution. Le problème c'est que je ne me sentais pas capable de prendre l'initiative. Je lui avais donné le coussin de ma chienne dans l'espoir que nous nous reverrions un jour, et même si je me souvenais de l'adresse du pub, j'avais la vue très basse.

Mais voilà qu'un beau jour, peu de temps après, Aristide vint me trouver, ému par le désarroi de Lilly.

Snouty émit un petit gémissement et Agatha remarqua que son petit cœur se mettait à battre plus vite. Ce récit tragique l'affectait visiblement.

– Oui, oui, dit Verne en étirant la main pour caresser la tête de Snouty. Lilly était en train de se laisser dépérir. Aristide me fit savoir qu'elle avait eu une portée de chiots, mais que cela n'avait pas suffi à la consoler. Apparemment, l'un des petits avait été séparé de ses frères et sœurs, et depuis lors ma chienne refusait toute nourriture.

Les yeux d'Agatha se remplirent de larmes malgré elle. Peut-être était-ce pour cela que Snouty avait emporté le coussin avec elle, la seule chose que sa mère lui avait donnée, celle à laquelle elle tenait le plus au monde.

La fillette remarqua qu'Alfred était ému, lui aussi. Tous avaient le cœur brisé. M. Verne poursuivit :

– C'est alors que j'ai demandé son aide à Aristide, qui a accepté bien volontiers. Nous avons mis en scène ma disparition, à l'insu de mon épouse, naturellement. Malheureusement, il était trop tard pour récupérer Lilly, qui mourut avant que nous ayons eu le temps d'aller la chercher. Cependant, Aristide m'apprit que le chiot manquant avait été expédié en Angleterre. Il s'agissait apparemment d'une petite bête très particulière, dotée de deux bouts de queue.

Tous regardèrent Snouty, qui s'était placée aux pieds de M. Verne et lui léchait affectueusement la main.

– Je décidai que le moment était venu pour moi de me rendre en Angleterre et de tenter de récupérer la fille de Lilly. J'avais perdu sa trace, mais je gardais espoir. Et voilà qu'un beau jour j'apprends, dans la presse, qu'une petite chienne à deux queues a résolu une énigme policière avec l'aide de deux enfants. J'ai pensé que ça ne pouvait être que la fille de Lilly étant donné qu'elle a la même marque de naissance que sa mère et son grand-père.

Agatha sursauta.

– Vous voulez dire que ses deux queues sont héréditaires ?

– Tout à fait, confirma le vieil homme. Elle descend d'une lignée très ancienne de *beagle* français qui présente cette particularité. Leur intelligence est légendaire ainsi que leurs deux bouts de queue.

Snouty émit un petit glapissement de satisfaction. Elle était heureuse et fière d'apprendre que ses deux queues n'étaient pas une malformation, mais une marque de distinction, au contraire.

– Oui, lui dit M. Verne, ta mère était très mignonne et intelligente. C'était la meilleure chienne qui ait jamais existé.

Agatha songea que ces adjectifs auraient tout aussi bien pu s'appliquer à sa meilleure amie.

– J'ai tout de suite compris que la fille de Lilly devait être entre de bonnes mains, déclara l'écrivain. Ces chiens sont tellement intelligents qu'ils savent choisir leurs maîtres. Et j'en suis venu à la conclusion que vous étiez des gens dignes de confiance.

Aristide se leva et s'approcha d'une table qui se trouvait au fond de la pièce. Dessus reposait une sorte de dossier qui semblait attendre, lui aussi, la venue des enfants. Le jeune homme s'en empara, et le rapporta à M. Verne, qui l'ouvrit et le déposa sur ses genoux.

– J'ai suivi vos aventures depuis le début, déclara l'écrivain en montrant à Alfred les coupures de journaux qu'il avait gardées. Celles de la maison Elster et toutes les autres ensuite, y compris celle de New York. J'avais besoin que vous me donniez un coup de main.

Alfred comprit ce qui tracassait le vieil homme.

– Edison avait commencé à faire des recherches à votre sujet ? demanda-t-il en parcourant les articles des yeux.

– C'est exact. Edison travaillait en étroite collaboration avec mon ami Leslie et, allez savoir comment, il a découvert que ce dernier avait un secret. Et que sa canne était primordiale.

– Celle que nous vous avons rapportée, précisa Agatha.

– Oui. Green avait fabriqué deux cannes absolument identiques, mis à part les initiales gravées sur le pommeau. La mienne portait les lettres *« J. V. »* et la sienne *« L.G. »*. Mais toutes les deux permettaient d'ouvrir le passage secret qui mène jusqu'ici.

– C'est pour cela que les gens vous ont pris pour le fantôme du métro ! s'exclama Agatha. Vous vous serviez de ce tunnel pour rentrer chez vous.

– Attendez, chère petite. En principe, je ne sors jamais d'ici pendant la journée. Je ne l'ai fait qu'une fois ou deux pour attirer votre attention. Je savais que le *Daily Telegraph* rapporterait l'évènement.

Agatha se souvint du reportage d'Amanda. Qui aurait imaginé que la journaliste suivait la trace de Jules Verne ! Elle ne savait sans doute pas qu'elle avait joué un rôle de premier plan dans toute cette affaire.

L'écrivain décida de reprendre son récit.

– Quand je suis arrivé à Londres, Leslie Green a cherché une clinique où je puisse me faire opérer sous un faux nom, car il fallait absolument que ma présence ici reste secrète. Pendant mon séjour là-bas, mon ami s'est chargé de garder ma canne, par mesure de précaution. Nous devions rester très discrets. Seul Aristide connaissait l'existence du passage secret.

– Et que s'est-il passé ? s'enquit la fillette.

– Leslie a fait une crise cardiaque et la police s'est chargée de rassembler toutes ses affaires personnelles, parmi lesquelles se trouvait ma canne. Fort heureusement, Aristide avait réussi à récupérer celle de Leslie, qu'il gardait dans l'armoire de son bureau. Et c'est grâce à elle que nous avons pu nous déplacer jusqu'ici.

M. Verne montra la canne aux enfants, qui purent voir les initiales *« L.G. »*

– Sa mort a été une véritable tragédie, mais du moins avons-nous réussi à survivre.

Alfred imaginait sans peine la terreur de l'écrivain à l'idée d'être découvert.

– Peu après, nous avons compris qu'Edison était sur nos traces. Il avait placé des espions un peu partout, persuadé que Leslie détenait un trésor. Il avait même entrepris un voyage en France pour inspecter ma tombe ! Ce qu'il ignorait c'est que Green me cachait moi et non pas un trésor !

C'était l'Américain tout craché, songèrent les enfants.

– Le danger était réel, reprit le vieil homme. Edison s'était mis en tête de récupérer cette canne, et à la mort de Leslie, il s'est rendu à la salle des ventes. Aristide a tenté de la racheter lui aussi, mais c'est l'inventeur qui a remporté les enchères.

Agatha commençait à comprendre le déroulement des faits. La canne en possession d'Edison était l'une des deux clés permettant d'accéder à cette cachette. M. Verne avait besoin que l'agence lui vienne en aide. Il connaissait toutes les enquêtes menées par Miller & Jones, et voyant que la chouette Elster allait être mise en vente, il s'était arrangé pour l'acquérir afin de les mettre sur la voie.

– Nous avons compris que l'oiseau empaillé était la seule façon pour nous d'attirer votre attention, expliqua Aristide. Nous nous sommes servis d'indices que vous seuls pouviez déchiffrer sans pour autant vous révéler notre identité.

– Mais ce n'est pas tout, reprit M. Verne. Car il fallait que nous détournions l'attention d'Edison. C'est pourquoi nous avons proposé au *Daily Telegraph* d'organiser un rallye automobile dont le premier prix de vingt mille livres sterling serait financé par nous. Nous savions que l'Américain ne résisterait pas à l'envie de se mesurer à Monty Bohermer.

– C'est donc vous le mystérieux donateur de la course ! s'écria Agatha, stupéfaite. Mais bien sûr ! Nous aurions dû nous en douter !

– C'était un autre indice, destiné à vous mettre sur la voie, expliqua le vieil homme. Même si vous êtes passés à côté. Vingt mille livres, c'est la somme pariée par Phileas Fogg dans *Le tour du monde en quatre-vingts jours.*

– Et c'est aussi le nombre de lieues parcourues par le *Nautilus* dans *Vingt mille lieues sous les mers* ! fit remarquer Alfred.

– Parfaitement, mon garçon. Encore un indice !

– Mais, comment avez-vous su que l'oncle d'Agatha allait participer à la course ?

– M. Lawrence, le rédacteur en chef du *Daily Telegraph*, m'avait assuré que Monty allait relever le défi, répondit le vieil homme avec un sourire espiègle. C'est un vieil ami. Cependant, il n'a pas posé de questions. Il s'est simplement arrangé pour qu'Aristide puisse entrer de nuit dans les locaux du journal et préparer les copies qui vous étaient destinées.

Telle était donc la clé de l'énigme des dates falsifiées ! Ils avaient cru que le responsable de ce tour de passe-passe était quelqu'un d'extérieur, alors que les exemplaires provenaient des presses mêmes du quotidien. Agatha se sentit soulagée, car c'était l'un des rares détails qu'ils n'avaient pas réussi à élucider.

– M. Lawrence sait donc que vous êtes vivant et que vous vivez ici ? demanda-t-elle. C'est pour cela qu'il a chargé Amanda d'enquêter autour de Covent Garden... Il voulait que nous découvrions l'existence du fantôme !

– Oui, Lawrence nous a beaucoup aidés. C'est un grand ami. Mais il ignore tout du passage secret et du lieu exact de ma cachette. Nous ne pouvions pas prendre de risques. Surtout quand nous avons appris qu'Edison s'était introduit en catimini dans les bureaux du *Daily Telegraph*.

– Cette fripouille..., marmonna Alfred. Il voulait faire main basse sur les archives.

Le vieil homme leur tendit une série de photographies. On y voyait les sbires d'Edison en train de forcer la porte du journal, puis deux d'entre eux pénétrant dans les locaux, et enfin l'Américain en personne ressortant ni vu ni connu dans la rue.

– C'est exactement ce qu'il nous fallait ! s'exclama Agatha. J'espère qu'Amanda va écrire un bel article et récupérer son poste.

L'écrivain lui expliqua qu'Aristide avait pris les photos. Après que M. Lawrence eut donné l'alerte, le jeune homme avait pris Edison en filature durant quelques jours pour essayer de comprendre quelles étaient ses intentions. Ces clichés étaient la meilleure preuve qui soit.

– Sa fourberie va lui revenir en pleine figure, déclara Alfred. Il veut remporter cette course, comme s'il n'avait pas déjà assez d'argent. Et il espérait voler votre trésor par-dessus le marché ! Heureusement qu'il a échoué...

– L'amour de l'argent peut jouer de mauvais tours, dit alors Jules Verne. Et j'en sais quelque chose. Mais laissez-moi éclaircir un point. S'il existe un trésor, c'est à vous qu'il doit revenir, mes enfants.

Ni Alfred ni Agatha ne s'attendaient à un tel verdict. Ils se regardèrent l'un l'autre sans comprendre. Snouty avala sa salive. Le vieil homme se leva et, avec l'aide d'Aristide, s'approcha d'une boîte posée sur le manteau de la cheminée. Il sortit une petite clé et la glissa dans la serrure, tandis que les trois amis attendaient, fascinés.

– Quand j'ai demandé à Aristide de partir à votre recherche, ce n'était pas uniquement pour que vous nous aidiez à nous débarrasser d'Edison, dit l'écrivain. Je voulais vous mettre à l'épreuve.

– À l'épreuve ? Comment cela ?

– Eh bien, il n'y a pas si longtemps, j'ai découvert que la connaissance était ce qu'il y a de plus précieux au monde, bien plus que l'argent. Je garde ici un document très important. Une chose pour laquelle les gens ne sont pas encore prêts. Et j'ai besoin de la remettre à quelqu'un de confiance.

Alfred inspira profondément. Quand il vit ce que M. Verne avait sorti du coffret, il sentit son pouls s'accélérer.

– Il est capital que vous veilliez sur ce manuscrit, déclara le romancier en leur montrant une liasse de papier nouée d'une ficelle. Je l'ai écrit afin de démontrer que si l'argent et la richesse passaient avant tout le reste, le savoir et la culture risquaient de disparaître.

– Le roman égaré..., murmura Alfred. Celui que votre éditeur a refusé !

– C'est exact, mon garçon. Je l'ai écrit il y a longtemps et je l'ai gardé en attendant le moment propice pour le publier. Mais le monde ne semble pas prêt pour cela. En attendant, je compte sur vous pour le garder précieusement.

L'instant était tellement solennel que ni Agatha ni Alfred n'osa s'emparer du manuscrit.

– Vous seuls semblez comprendre la valeur du savoir, dit le vieil homme en déposant le manuscrit entre les mains du garçon. Suivez votre voie. Votre vie est encore une page blanche. Ne vous laissez pas corrompre par l'appât du gain. Faites toujours ce que votre cœur vous dicte.

Alfred crut qu'il allait défaillir, car c'était un très grand honneur que lui faisait Jules Verne. Il jeta un coup d'œil à la couverture, rédigée à la main, pour essayer d'en déchiffrer le titre.

– *Paris au XX*e *siècle*, traduisit son amie qui connaissait le français. Nous nous ferons un plaisir de vous rendre ce service, monsieur Verne.

– Merci, mes chers amis, répondit l'écrivain avec un petit salut de la tête. Je suis sûr que vous saurez vous en occuper, comme vous l'avez fait avec Snouty.

La fillette acquiesça en souriant au vieil homme. Cette mission était de loin la plus importante qui leur ait jamais été confiée.

La pendule du salon marquait huit heures tapantes. Le temps avait passé sans qu'ils s'en rendent compte, et Agatha remarqua que l'écrivain était fatigué.

– Surtout, ne révélez à personne mon lieu de résidence, les supplia-t-il.

Agatha lui serra la main. Comme il leur serait difficile de revenir le voir, elle laissa à Snouty tout le temps nécessaire pour lui faire ses adieux. Alfred prit poliment congé du vieux maître, puis il se tourna vers Aristide et lui serra la main.

Le jeune homme les raccompagna jusqu'à la sortie. Après cette extraordinaire rencontre, la vie de tous les jours allait leur sembler bien terne.

Soudain, son regard tomba sur l'horloge du salon et elle réalisa que le jour s'était levé.

– Bon sang ! s'écria Agatha en tirant Alfred par le bras. Il faut se dépêcher, sinon nous allons manquer la finale !

16

La ligne d'arrivée

Monty gardait le pied plaqué sur la pédale de l'accélérateur. Son équipe avait pris beaucoup trop de retard et la situation devenait critique.

Ce matin, ils avaient tous eu une panne d'oreiller. Après l'exquis repas que leur avait servi l'aubergiste, tout le groupe avait sombré dans un profond sommeil. Ils s'étaient réveillés dans le salon de l'hôtel longtemps après le lever du soleil, comme si le dîner de la veille n'avait été qu'un rêve tiré d'un conte de fées.

Ils avaient aussitôt regagné leurs voitures, car il ne leur restait que vingt minutes pour se préparer.

Seul un concurrent n'était pas dans l'enclos où étaient parquées les automobiles : Thomas Alva Edison. Il était sorti faire un tour et s'était égaré sur une route de campagne, avait-il expliqué aux organisateurs lorsqu'il était enfin apparu au volant de son bolide.

Monty avait éclaté de rire en le voyant. L'inventeur, habituellement tiré à quatre épingles, était couvert de boue et de poussière, et son auto semblait sortie d'une porcherie. Mais malgré cela, il était arrivé à temps pour se placer avec tous les autres sur la ligne de départ. Le maire avait alors levé son mouchoir et la course avait commencé.

Tout en roulant dans la forêt de Reading, Monty songeait à Mlle Preston, qui semblait abasourdie ce matin, quand elle s'était réveillée à ses côtés. Elle s'était aussitôt retirée dans la chambre. Monty espérait qu'elle ne lui en voulait pas. Car c'était avec les meilleures intentions du monde qu'il lui avait offert un bouquet de violettes. En fait, il était tombé éperdument amoureux d'Amanda et l'idée que la journaliste puisse le rejeter était une véritable torture. Enfin, toutes proportions gardées, car ce n'était rien à côté de ce qu'avait enduré Vicenzo Lancia. Le pilote italien souffrait tellement de son ulcère à l'estomac qu'il avait dû abandonner la course.

C'était vraiment dommage qu'une équipe aussi brillante ait dû renoncer à concourir. Les Italiens auraient mérité de monter sur le podium.

Brusquement, un drôle de bruit tira Monty de sa rêverie. Son moteur s'était mis à tousser, et la voiture avançait par à-coups. En apparence, tout semblait parfaitement normal, mais quand l'explorateur jeta un coup d'œil à la jauge d'essence, il constata que l'aiguille était au plus bas. Il était pourtant certain d'avoir fait le plein la veille au soir. Cela faisait partie des précautions indispensables. En revanche, faute de temps, il n'avait pas vérifié les niveaux ce matin. Et maintenant il en subissait les conséquences.

Le moteur n'allait pas tarder à s'arrêter alors que Monty était presque arrivé. Quelle déception !

Et tout cela à cause d'Edison, certainement. Cette crapule avait dû vider son réservoir. Mais comme

Monty ne l'avait pas pris la main dans le sac, il ne pourrait jamais le prouver, naturellement.

L'auto finit par caler pour de bon. Il ne lui restait que quelques milles à parcourir avant d'atteindre Londres et voilà que le sort s'acharnait sur lui.

Il songea à la terrible déception qu'allaient éprouver Alfred, Snouty et Agatha, eux qui s'étaient montrés si encourageants depuis le début.

Soudain, un bruit de moteur au loin mit l'explorateur en alerte. Ce devait être les Français ou les Allemands, car Edison avait certainement pris la tête de la course. Cependant, ils n'allaient sûrement pas s'arrêter pour le dépanner. Dans cette ultime étape, chaque seconde comptait.

Monty descendit de la voiture et commença à la pousser de toutes ses forces. Il voulait la ranger sur le bord de la route, là où elle ne risquait pas de provoquer d'accident. Mais ses jambes refusaient de le porter et il n'arriva pas à la bouger d'un pouce. L'autre véhicule se rapprochait et allait le doubler d'une minute à l'autre. Cependant, quand il aperçut le fanion sur l'automobile qui dévalait la colline, et la femme en robe blanche à côté du chauffeur, il crut qu'il avait des visions.

Son cœur bondit de joie dans sa poitrine : c'était la voiture des Italiens ! Et le conducteur était Enzo, qui négociait les virages avec maestria. Arrivé à quelques mètres de Monty, le garçon ralentit, puis s'arrêta et fit descendre sa coéquipière qui n'était autre qu'Amanda Preston.

– Vous ici ? s'exclama l'explorateur, qui n'y comprenait plus rien.

– Nous allons gagner la course, répondit la jeune femme avec aplomb. Vicenzo Lancia est trop malade pour conduire, mais ce n'est pas une raison pour abandonner la compétition. Vous connaissez Enzo, n'est-ce pas ?

Le mécano salua Monty d'un geste de la main tandis qu'Amanda ouvrait le coffre et en sortait un bidon d'essence. Cela fait, elle s'approcha de la voiture de l'explorateur.

– Bonne chance, Enzo, lui dit-elle. Souviens-toi de ce que je t'ai dit. Place-toi en tête !

Le garçon démarra dans un rugissement de moteur, et disparut en un clin d'œil.

Entre-temps, la journaliste avait introduit l'extrémité d'un tuyau en caoutchouc dans le bidon, puis placé l'autre extrémité entre ses lèvres pour siphonner le carburant puis le verser dans le réservoir.

– Et voilà ! dit-elle, après avoir craché l'essence qui lui était entrée dans la bouche. Cela devrait suffire.

– Pourquoi êtes-vous venue ? demanda Monty, abasourdi. Comment avez-vous su que j'étais en panne sèche ?

– Parce que je me suis chargée moi-même de vider le réservoir d'Edison ce matin. Mais juste au moment du départ, j'ai réalisé que le sale bonhomme l'avait rempli à nouveau. Et pour cela, il avait forcément pris l'essence de quelqu'un d'autre. J'en ai déduit que c'était la vôtre.

L'explorateur écarquillait les yeux.

– Je n'en étais pas certaine à cent pour cent, naturellement, ajouta la journaliste. Mais l'idée que vous ne puissiez pas franchir la ligne d'arrivée m'était insupportable. Et je voulais la franchir avec vous.

À ces mots, le cœur de Monty se mit à palpiter. Il aurait voulu répondre quelque chose de romantique, mais Amanda lui ordonna de démarrer.

– Allons-y, dit-elle en s'asseyant à la place du copilote. Écrasez le champignon, Monty Bohermer.

– Je ne pense pas que nous réussirons, déclara l'explorateur avec une moue dépitée.

– Nous allons au moins essayer, insista la journaliste. Vous monterez peut-être sur le podium. En tout cas, nous allons finir cette course, c'est sûr.

Encouragé par cette détermination, Monty enfonça l'accélérateur et démarra en trombe.

Il songea qu'il avait beaucoup de chance d'avoir une femme aussi sûre d'elle à ses côtés. Au bout de quelques milles, apercevant une voiture au capot entièrement couvert de boue, Monty comprit la raison d'un tel aplomb. À l'évidence, son moteur avait calé et son occupant, debout sur le bas-côté, faisait de grands gestes. Dès qu'il le vit, l'explorateur comprit que c'était Edison.

Sa première réaction fut de s'arrêter pour essayer de lui donner un coup de main. Ce que l'Américain lui-même n'aurait jamais fait. Au contraire, quand ils se rapprochèrent, ce dernier les injuria copieusement. Apparemment, quelqu'un avait percé son réservoir à essence. Voyant sa réaction, Monty décida qu'il ne pouvait rien faire pour lui et accéléra de plus belle.

– Vous ne seriez pas responsable de cette panne, par hasard ? demanda Monty quand la silhouette d'Edison eut disparu dans le rétroviseur.

– Mais enfin, monsieur Bohermer ! protesta Amanda, faussement indignée. Comment une dame respectable comme moi pourrait faire une chose pareille ?

La journaliste sourit de toutes ses dents. Elle était ravie de rouler ainsi dans la campagne anglaise. Elle avait finalement réussi à se mettre dans la peau d'un pilote de course et l'aventure lui semblait extraordinaire.

Monty, pour sa part, ne dit plus un mot jusqu'à la fin du voyage. Ils venaient d'entrer dans les faubourgs de Londres et la foule commençait à s'agglutiner de chaque côté de la route.

Soudain, Amanda pointa un doigt vers l'horizon. On apercevait la tribune au loin et les spectateurs massés au bord de la chaussée acclamaient chaleureusement l'équipe britannique.

– Peu importe que vous gagniez cette course ou pas, Monty, déclara la jeune femme. L'important, c'est de participer.

– Qui a dit que je n'ai rien gagné, répliqua l'explorateur. Ce rallye a été une expérience inoubliable. J'ai découvert des choses grandioses.

Un joli sourire étira les lèvres parfaites de Mlle Preston tandis qu'elle posait un regard plein de tendresse sur son coéquipier. Ce dernier répondit à son geste en prenant la main d'Amanda dans la sienne. Puis il mit les gaz et tous deux franchirent la ligne d'arrivée.

*

– Ah, vous voilà enfin ! s'écria Agatha en s'élançant vers son oncle. Je commençais à me demander si tu allais arriver un jour !

Monty serra sa nièce dans ses bras. Il en avait tellement bavé tout au long du rallye qu'il n'arrivait pas à croire qu'il avait atteint son but. L'explorateur flatta la croupe de Snouty qui n'arrêtait pas de faire des bonds pour réclamer son attention. Puis il étreignit Alfred, qui, malgré sa timidité, semblait ravi de voir le coureur sain et sauf.

Amanda aussi était heureuse de retrouver les enfants. Après cette matinée pleine d'imprévus, elle était fatiguée, mais pour rien au monde elle n'aurait voulu manquer la remise des prix.

Les participants s'étaient réunis au pied de la tribune. Tous étaient présents sauf Thomas Alva Edison, qui n'avait pas réussi à franchir la ligne blanche à temps. Il avait fallu lui envoyer une dépanneuse qui allait mettre plusieurs heures avant de regagner Londres.

– C'est ce que j'appelle un juste retour des choses, avait déclaré M. Lawrence devant les concurrents qui attendaient impatiemment le verdict. Mais ne pensons plus aux pilotes disqualifiés et concentrons-nous plutôt sur les vainqueurs. Mesdames et Messieurs, je vous demande d'applaudir le candidat de l'équipe italienne !

La foule nombreuse acclama bruyamment le gagnant. Enzo, souriant de toutes ses dents, monta sur le podium pour recevoir le grand prix du *Daily Telegraph*.

Agatha songea aux vingt mille livres sterling dont très peu de gens présents connaissaient la véritable provenance. Cet argent bien dépensé allait donner à M. Verne la tranquillité d'esprit dont il avait besoin.

Soudain, la fillette se rappela une chose importante et ordonna à Alfred de sortir l'enveloppe de sa poche. Quand Amanda vit les photos qu'elle contenait, elle écarquilla des yeux incrédules.

– Nous devons protéger nos sources, lui dit Agatha quand la journaliste voulut savoir d'où ils les tenaient. Même si je le voulais, je ne pourrais pas vous le dire. Nous avons fait le serment de rester bouche cousue.

Devant une telle détermination, la journaliste n'insista pas.

– Qui qu'elle soit, déclara-t-elle, remerciez votre source de ma part. Je suis convaincue qu'après cela Edison se tiendra à carreau.

– Nous savons que vous allez faire du bon travail, répondit la fillette. Le *Daily Telegraph* devrait vous donner le poste que vous méritez.

À ces mots, la lèvre inférieure d'Amanda se mit à trembler et elle serra chaleureusement Agatha dans ses bras. La fillette songea que la jeune femme avait l'air heureuse aux côtés de Monty et que son oncle et elle étaient peut-être faits l'un pour l'autre. Tous deux étaient des personnes très spéciales, et c'était une chance qu'ils se soient rencontrés.

Alfred, qui observait la scène en silence, sentit soudain une main sur son épaule.

– Te voilà enfin, mon garçon ! Ton père et moi t'avons cherché partout. Heureusement que tu n'étais pas loin de la tribune !

Le garçon resta pétrifié en voyant ses parents. Puis il se souvint qu'on était dimanche, que la boutique était fermée, et qu'ils avaient dû en profiter pour venir jusqu'ici.

Après avoir présenté M. et Mme Hitchcock à Monty et Amanda, Alfred songea que le moment était venu de leur donner des explications et que l'excuse qu'il avait invoquée pour se rendre à Reading allait se retourner contre lui. Mais avant cela, il avait une dernière mission importante à accomplir. Il plongea sa main dans sa poche et en sortit la petite brochure qui s'y trouvait depuis des semaines. Les paroles de Jules Verne lui avaient donné confiance en lui. Tout était possible dès l'instant qu'on trouvait les bons arguments pour cela. C'est pourquoi, se surprenant lui-même, il se tourna vers sa mère et lui dit sans y réfléchir à deux fois :

– Maman, je voudrais étudier le dessin ! C'est ce que j'ai envie de faire dans la vie, et vous savez aussi bien que moi que je ne serai jamais un bon épicier.

Mme Hitchcock se figea sur place, incapable de prononcer un mot. Puis un sourire se dessina sur ses lèvres et elle déclara :

– Mais naturellement, mon chéri. Qui voudrait t'en empêcher ?

Ce fut au tour d'Alfred de rester coi. Il avait broyé du noir inutilement, car ses parents avaient compris depuis longtemps qu'il ne deviendrait jamais commerçant.

Il se tourna vers Agatha et vit que son amie réprimait un fou rire. Il allait dire quelque chose, mais Enzo les interrompit juste à ce moment-là.

– Eh, mes amis ! s'écria le champion en venant vers eux. Mon équipe et mon pays vous doivent une fière chandelle ! Sans votre aide et votre courage, je n'aurais jamais gagné cette course. Une grande partie du prix vous revient, et surtout à vous, Amanda Preston !

La journaliste rougit jusqu'aux oreilles, mais retrouva presque aussitôt ses moyens.

– Oh, mais ce n'est pas grand-chose, Enzo. Tu as trouvé en toi la force de vaincre. Tu avais seulement besoin qu'on te donne ta chance.

Le garçon inclina la tête respectueusement. Ce prix était un triomphe qu'il voulait célébrer dignement autour d'un bon dîner. Et comme les membres de son équipe le réclamaient à cor et à cri, il n'eut d'autre choix que d'aller les rejoindre à l'autre bout de l'estrade.

– J'espère que nous nous verrons bientôt dans mon pays. Si vous allez là-bas, demandez Enzo, Enzo Ferrari ! Je serai heureux de vous accueillir !

Sur ces mots, le gagnant de la course d'Angleterre disparut, happé par la foule des admirateurs qui voulaient des autographes.

Agatha songea que tant que la ligne d'arrivée n'avait pas été franchie, on ne pouvait jamais savoir qui serait le vainqueur.

Savais-tu que... ?

L'écrivain Jules Verne (Nantes 1828 – Amiens 1905) est considéré comme le père de la science-fiction. Ses œuvres regorgent d'aventures qui font la part belle aux progrès technologiques. Ainsi, il a pu prédire des inventions comme le sous-marin, le vaisseau spatial ou la télévision. Il a inspiré un grand nombre d'écrivains, de cinéastes et même de scientifiques.

Il est le deuxième écrivain le plus traduit au monde, juste après notre illustre Agatha.

Le *Daily Telegraph* est l'un des plus grands quotidiens du Royaume-Uni. Fondé en 1855, il continue de se vendre encore aujourd'hui.

Le fantôme de Covent Garden serait un certain William Terriss, comédien assassiné en 1897 par l'un de ses partenaires de scène. Nombreux furent ceux qui prétendirent l'avoir vu errer dans les couloirs du métro. Qui sait si c'est encore vrai aujourd'hui...

Vincenzo Lancia (1881-1937), pilote de course et ingénieur, a fondé la marque automobile

Lancia. Il participa à de nombreuses courses dans l'écurie Fiat, et se forgea une réputation de champion.

Enzo Ferrari (1898-1988), vivement impressionné par les prouesses de Vincenzo Lancia, décida de marcher dans ses traces. Après avoir fait ses débuts en tant que pilote et ingénieur, il fonda l'écurie Ferrari, qui participa à la première course de Formule 1 en 1950. Ferrari s'est acquis une réputation mondiale grâce à des pilotes comme Niki Lauda, Michael Schumacher ou Fernando Alonso.

L'architecte anglais Leslie Green se chargea d'agrandir le métro de Londres dans les années 1900-1910. Mais la charge de travail était telle qu'il y laissa sa santé et attrapa la tuberculose (véritable cause de sa mort à l'âge de 33 ans). Les plans de nombreuses stations, comme celle de Covent Garden, peuvent être admirés encore aujourd'hui dans la capitale anglaise.

La course d'Angleterre dont il est question ici n'a jamais existé, mais elle a été inspirée par une autre course appelée *One Thousand Mile Trial* (La course des mille milles). Celle-ci fut disputée en 1900 par les meilleurs pilotes automobiles du Royaume-Uni.

La tombe de Jules Verne à Amiens est l'une des plus impressionnantes que l'on puisse voir en France. Le romancier lui-même l'avait commandée avant sa mort et elle est ornée d'une sculpture le représentant. On l'y voit sortir de la pierre tombale, une main tendue vers le ciel, et l'œuvre s'intitule : « Vers l'immortalité et la jeunesse éternelle ».

La maison de ventes aux enchères Christie's fut fondée en 1766 à Londres. C'est l'une des plus prestigieuses au monde. À l'heure actuelle, elle détient le record de la plus grosse enchère jamais réalisée grâce à une toile du peintre espagnol Pablo Picasso.

La station de Covent Garden, inaugurée en 1907 et conçue par Leslie Green, a son entrée principale à côté du pub *The White Lion*. C'est l'un des plus anciens et pittoresques débits de boissons de la ville, et nous pouvons certifier que l'accueil des clients, hommes ou femmes, y est parfait.

Jules Verne entretenait des liens privilégiés avec le *Daily Telegraph*. L'écrivain rendit plusieurs fois hommage au quotidien dans ses romans, comme dans *Cinq semaines en ballon*, dont le personnage principal, le Dr Samuel

Ferguson, est correspondant du journal. Il est également question du célèbre journal dans *Michel Strogoff* ou *Le tour du monde en quatre-vingts jours.*

Paris au xxe *siècle* est le titre du roman que Jules Verne ne parvint jamais à faire publier.

Les spécialistes l'appellent le roman perdu et, comme il est raconté dans cette aventure, son éditeur le refusa car il le trouvait trop pessimiste. Ce n'est que lorsque le petit-neveu de Verne le retrouva dans un coffre-fort, 83 ans après la mort de l'écrivain, qu'il fut publié, en 1994, soit 130 ans après avoir été écrit, ainsi que Verne l'aurait souhaité.

MILLER & JONES
Agence de filature
~
27, Brown St. (Bayswater)
~ Londres ~

Agatha Miller

alfred hitchcock

À découvrir
dans la même collection

Les enquêtes d'Alfred et Agatha

1

L'affaire
des oiseaux

Il n'y avait rien de plus ennuyeux que de se retrouver prisonnier. Alfred avait l'impression d'avoir déjà passé cent ans dans la minuscule cellule, mais, quand il demanda l'heure au gardien pour la deuxième fois, il constata que dix minutes seulement s'étaient écoulées.

Le cachot n'était guère confortable. Il n'y avait même pas une chaise pour s'asseoir, juste le sol en ciment. Et puis il régnait une odeur infecte et un froid de canard. De plus, Alfred commençait à sentir un grand vide au creux de son estomac, alors qu'il allait très probablement devoir se passer de dîner.

Du moins, pouvait-il voir, entre les gros barreaux de fer, le policier qui surveillait les quatre cellules. L'homme, à l'air peu aimable, était assis sur une minuscule banquette et observait, fasciné, une file de fourmis qui s'activaient à ses pieds. Le moins qu'on puisse dire c'est qu'il ne faisait pas un travail passionnant.

Après deux ou trois minutes qui semblèrent à Alfred une éternité, la grande porte de fer du quartier de détention s'ouvrit brusquement et deux hommes vêtus de noir entrèrent. Dès qu'il les vit, le gardien bondit sur ses pieds et se mit au garde-à-vous, prêt à recevoir leurs ordres. Ce devait être des personnages importants. Les deux hommes – sans doute un capitaine et son auxiliaire – lui chuchotèrent quelques mots à l'oreille. Aussitôt, le policier les accompagna jusqu'à la cellule contiguë à celle d'Alfred, tout au fond du couloir.

Soudain, une voix éraillée retentit derrière les barreaux du cachot voisin :

– Je suis innocent !

Alfred n'avait pas imaginé un instant qu'il pouvait y avoir d'autres prisonniers que lui dans ce sinistre sous-sol. Mais voilà qu'il découvrait que, juste à côté, se trouvait un homme qui s'était peut-être livré à d'horribles méfaits. Il recommença à prendre peur.

Un grincement de serrure le rappela à la réalité. Le garde ouvrit la porte de la cellule voisine, et le capitaine et son adjoint y entrèrent. Alfred entendit l'un des deux déclarer :

– Inutile de résister, nous savons que c'est toi. Alors ne cherche pas à nous mener en bateau. Tu vas nous suivre et nous dire toute la vérité.

Le malfaiteur ne semblait pas décidé à sortir de sa cellule, mais il dut céder devant la force déployée par ses geôliers. Il s'immobilisa au milieu du couloir tandis que le capitaine lui passait les menottes.

Alfred s'approcha pour observer le détenu à travers les barreaux. C'était un homme jeune, de grande taille, bien bâti. Il semblait désemparé. Son teint hâlé le vieillissait, mais ses grands yeux verts étaient ceux d'un homme aimable et honnête. Il n'avait vraiment pas l'air d'un bandit ou d'un assassin.

Remarquant la présence d'Alfred, il fixa sur lui ses yeux immenses.

Son regard était tellement intense qu'il semblait dévorer l'espace.

Soudain, profitant de ce que le capitaine s'était éloigné pour fouiller sa cellule vide, l'homme se jeta contre les barreaux du cachot d'Alfred.

– S'il vous plaît ! Aidez-moi ! Il faut que je sorte d'ici !

La détresse de l'homme était si grande qu'elle n'aurait pu laisser personne indifférent. Mais Alfred était tellement effrayé qu'il fut incapable du moindre geste de compassion, pas même un battement de cils. Il demeura immobile, stupéfait par cette étrange requête.

– Allez trouver Agatha... Il n'y a qu'elle qui puisse m'aider ! s'écria l'homme, désespéré.

Il n'eut pas le temps d'en dire plus. Tels deux chiens de garde, le capitaine et son auxiliaire se jetèrent sur lui. Ils l'empoignèrent et le traînèrent dans le couloir. Alfred retint sa respiration, attentif aux pas de l'étranger qui résonnaient sur le ciment. Il fut soudain pris d'un doute. Et si cet homme disait la vérité ? Rassemblant tout son courage, Alfred s'agrippa aux barreaux de sa cellule. L'individu était sur le point de disparaître derrière la porte de fer avec ses deux geôliers.

– Où est-ce que je peux trouver Agatha ? lui cria-t-il.

L'homme tourna la tête, en résistant de toutes ses forces comme si sa vie en dépendait.

– Agatha ! Agatha Miller ! lança-t-il depuis le fond du couloir. Au 27 Brown Street ! Dites-lui que c'est Victor qui vous envoie !

Cet ouvrage a été mis en pages
par DV Arts Graphiques à La Rochelle

Imprimé par Grafica Veneta
en mars 2018
pour le compte des Éditions Bayard

Imprimé en Italie